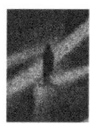

耳虫

颜峻 —— 著

上海文艺出版社
Shanghai Literature & Art Publishing House

目 录

耳虫 2009

彩云追月 __ 003

沧海一声笑 __ 005

寂静的夜 __ 007

美国往事 __ 009

驱虫术 __ 012

杀猪老汉 __ 015

我没有听过保罗莫里哀 __ 017

雪孩子 __ 019

重叠 __ 021

目 录

耳虫 2010

祝你爽，吉祥 __ 025

有多骚 __ 028

静止的姑娘 __ 030

老子有的是钱 __ 032

你是一个麻烦 __ 035

症状未消除 __ 038

我没有别的事了 __ 041

哪部分的 __ 043

小事 __ 045

阿拉木汗在哪里 __ 048

僵尸的世界杯 __ 051

肯尼基你妈妈叫你回家 __ 054

苦啊 __ 057

排练 __ 060

亲爱的小妹妹 __ 063

我必须 __ 066

无言的歌 __ 068

艳阳天 __ 071

揍他 __ 074

目 录

耳虫 2011

啊朋友再见 __ 079

笨 __ 082

崩溃 __ 085

耳蜡 __ 088

公鸡 __ 091

怪逼指南：如何演唱《忐忑》__ 094

老鼠 __ 098

牧羊女之鞭 __ 101

披头 __ 104

让生命去赶路 __ 107

桑拿之歌 __ 110

掏耳朵的十五种方法 __ 113

我去泡个澡 __ 117

新旧金山 __ 120

英特纳雄耐尔 __ 123

有花 __ 126

再崩溃 __ 129

指环王 __ 133

猪 __ 136

猪鼻子 __ 140

目录

耳虫 2012

边疆的泉水 _ 147

等待着 _ 150

东方白 _ 153

护花使者伤不起 _ 157

急性子 _ 160

拉萨不见了 _ 163

浪班，浪楼 _ 166

你想飞得更高 _ 169

情怀 _ 172

去死 _ 175

天下朋克是一家 _ 178

外滩挂面 _ 181

我们全家都是冠军 _ 184

我听见大海在呼唤 _ 188

小乌鸦 _ 191

雨后 _ 194

后记 _ 197

后记的后记 _ 198

耳虫 2009

彩云追月

上大学的时候,最为痛苦的事情,就是每天早晨要被迫晨练,也就是跑步。

学校很大,有多少学生我忘了,不是六千就是八千。晨曲响起的半个小时内,这些人要穿衣洗漱叠被子,轰隆隆从楼道里倾泻而出,在校园的各个角落列队,然后跺着脚,跑上十来分钟。其景象之壮观、之仓皇、之魂不守舍,用蚂蚁来比喻还不合适,应该是蟑螂,B级片那种。

学校地处西北,黄土高原,地面除了密布痰迹,还满是尘土。八千儿郎跑起来,就如同张艺谋的电影,烟尘四起,从空中看,应该是不见人影的。

而每天将我们唤醒的音乐,就是《彩云追月》。

整整四年啊,我诅咒着无辜的作曲家。我呼吸着故乡的土。我蓬头垢面,横下心来。

那音乐,像舞蹈的长袖,用中国式的单线条,在耳边绕、吹、推搡着青年的魂魄。此时举头望明月,和民国的没有两样；低头看楼梯，是经济腾飞之前的菜汤、黑泥、烟头、昏暗的灯下，扫也扫不尽的汗味。每间宿舍住六个或八个人，每层楼三十八到四十二间宿舍，每栋楼四或六层。总共多少栋我忘了，反正从小就在大院里住，我家是第三十八栋，习惯了。

每间宿舍，惨白的墙上挂一个楞黑的方喇叭盒子，连着一根孤零零的线。聂耳和任光，有没有想过，他们的音乐，就要从这里涌向青年的好梦？像集体舞的长袖，中国式的集体舞，万众一心的魂魄。

彩云是清淡的彩，月色有一丝茶的暖，晴空几万里，渺小的人在地上，轻轻晃着脑袋。

而我数百次，惊讶于它缓慢的美，转化为定时的暴力。新的一天，这样开始，我的心，沐浴着尘土和细菌，茁壮地、骄傲地向世界醒来。

多年以后，外国人惊讶于我们的山寨手机，黑压压的旅游团，党和国家领导人屹立于世界之巅。他们不知道，每一天，我曾是这样醒来。

沧海一声笑

最近天气热,耳虫好像耐不住这种严酷,变得短命起来,像从未见过冰的夏虫一样,在对冰的渴望中朝生暮死。这样,每天,那些稀里糊涂的时刻,那些半梦半醒的,潜意识到处溜达的时刻,就总有不同的调调,在脑海中响起。多好的夏天啊,再也不用每天哼一样的歌。

如果你不能控制潜意识,那就祈求它总是新鲜吧。

我意识到这一点,是在昨天,做午饭的时候。我停下工作,打开冰箱,盘算着是吃芥兰,还是胡萝卜。好健康啊。又一次,我决心要过积极的生活,从现在起,面朝冰箱……心情好得很。我哼起了歌。人总是要哼一点什么的,哪怕并不出声,耳虫们,就为了这一刻而生。他们也要过积极的生活,而不是永远在潜意识的海洋里漂流。每一天,面朝着天空,耳虫祈求着跃出海面的时刻。

我哼的是,沧海一声笑。 12345, 34567, 7676, 5432, 123454……适合切菜,一下一下慢慢来,不会切到手指头。

我意识到,前天哼的就不是它,是红色娘子军。大前天是唱支山歌给党听,没有出声,算是默唱。大大前天,好像和黎锦晖有关,也没有出声,算是向默片致敬。总之,每天都是新的。纵然这些歌都是老的。

12345,说的是古琴的弦。当年黄霑老先生做此曲,只用了右手。按着顺序往下拨,就有了第一句,又有了第二句。稍微变一下,第三句,第四句。道可道,非常道,音乐就是几个音符的变化。在12345里面,万物都是老的,黄先生却是新的。然后黄先生也死了,比夏虫稍稍长命,但耳虫生了死,死了生,又传到了我的耳朵里。《笑傲江湖》里弹琴的人,就有这样的气魄。

而我切着葱,嚓嚓嚓嚓嚓,祈求着此刻永恒。

寂静的夜

我可没去过教堂。

在外国,混在游客堆里参观的不算。我是说,一到圣诞节,人们就跑到教堂去,也不管是天主堂还是基督堂,反正都一样。反正是一些没有信仰的家伙,跟着别人起哄。那圣歌、烛光、高高的穹顶及其神圣的混响。那些别人,明目张胆地,在一片没有信仰的土地上,表现出不顾一切的虔诚。这些人羡慕,又不好意思入伙,就以过节的名义,去体验一下。

1987年,我敢说没记错,有一盘磁带,就叫《圣诞歌曲集》。自己听,借给同学听,在班级联欢会上放,都磨烂了。有一首叫做《寂静的夜》。四分之三拍,抑扬顿挫,抑扬顿挫,然后高高扬起,轻轻落下。我的耳朵里,经常就这么跳起了舞。一遍又一遍地听,不听的时候则大脑自动播放。大概是因为有追求,后脖梗子需要向上拔起。同时又想跳舞,不是迪斯科,而是旋转。什么全盘西化、宪政理想,我一个中学生,哪里懂得。我只知道一切都是新的,安详是新的,赞美是新的,偷一棵松树戳在教室里是新的。

去年冬天，莫名其妙的，又被它跳了两个月。一哒哒，二哒哒，容光焕发。我不光没有信仰，而且不会跳交谊舞。心情好的时候，据说不由自主就挺起了小肚子，背着手踱步，像《水浒传》插图，要是搂着一位，那就像明代春宫图。交谊舞？不可能啊。可是一哒哒，二哒哒，我走楼梯，去邮局，春天迟早会到来，一个神秘的旋律围绕着身体。

这寂静的夜，与我何干，就偏要在耳朵里排队，举着蜡烛，还要把一个国产的颅腔，变成尖顶的，有着神圣混响的教堂。想不通啊，寂静的夜，神圣的夜，全球化，是上帝派来的吗？

美国往事

走着走着,就吹起了口哨。我演奏自己,自己听自己。

两个小区之间,三不管地带,无政府的坑坑洼洼,晴天没有水,像回到了二十年前,人性化的郊区便道。北边是繁荣的餐饮街,南边是空旷的楼间距,那边吃,这边住,连签证都不需要,堪称完美。更完美的就是中间这段路,属于现实和现实接缝不良,漏出了更深的现实。或者说更真的现实,难看一点,但是除了吃和住,还真有这么一个现实。

那时候,人性还包括泥泞和孑孓,不像现在,一律是玻璃大楼,空调,精装修的笑容。

吹着口哨,我就想,是啊,一晃二十年,原来我们还在老地方没有挪窝。到处都尽量装修了,拿科技和愿望给糊住了,但一到接缝处就漏出来。怪不得我吹起了口哨,之前没人打招呼,没经过意识的批准,没有联想和暗示,直接就是……这是什么?好像是《美国往事》?

往事休要再提,何况是美国的。

那时候,美国在西方,极乐世界。宽阔的民主,免费的梦。有钱,高科技,红脖子大汉们也都爱国。霹雳舞,摇滚乐,年轻的一切都在那里。人们想方设法去美国,去不了就眺望。以为萨特、披头士也全是美国人。那时候我们也吹口哨,像吹金黄的小号,赞美那个正在改变的世界,每个人都相信明天。那时候其实还没有《美国往事》,这是1984年的电影,引进中国,已经是1990年代,经过广电部的删节、重组,改变原来的叙事结构,成了另一部电影。那时候只有彼岸,没有往事。而此岸人性饱满,有汗水、凶杀,有爱情、西瓜。

二十年后的今天,我在最豪华装修的大剧院,亲眼看了埃尼奥·莫里康尼(Ennio Morricone)指挥一个婚礼乐团,给中国人演他所有的经典曲子。也包括我吹出来的这段。或者不,他的乐团里没有口哨。他也是精装修,除了高潮一无所有,无数部电影的抒情段落,前呼后拥地经过。老头好辛苦,一把年纪,为了给我们捏脚、搓背,不远万里,热泪盈眶。我为此提前退席,几乎忘了还有往事。

要不是两个小区之间,被装修公司遗忘的坑,二十年前的砂砾,郊区的西瓜皮,发展中的苍蝇,淳朴而狡猾的板车。要不是突然漏出来,一个不自觉的现实。我吹起一段黯淡的口哨。

我打开播放器,边写边听一张叫做"火星吉他"的合辑。我听到一个叫麦克·库珀（Mike Cooper）的人，变奏了《美国往事》，没经过我的批准。这不是巧合，这是早有预谋的现实。

他这一曲，题目是 Sleepwalk，梦游。

驱虫术

必须大声地唱,把耳虫唱出去。

人们说,如果你脑子里萦绕着一首歌,没完没了,让你抓狂,那么,解决它的办法就是照原样唱出来。

原理很简单,唱歌振动身体。耳虫是声音的化身,它会因为和自身同样的频率,而共振、瓦解、消散。修行比较好的,不至于就此灭亡,但会及时离开,去其他的地方寄住。

耳虫喜欢不振动的身体。它们也爱安静。如果你从不唱歌,说话有气没力,胸腔没有共振,颅腔没有共振,鼻腔也没有共振,慢慢地,整个身体就沉睡下来,生出了乌黑油绿的苔。耳虫就喜欢这环境。它们住下来,静静地生长、散步、畅想着未来。天气好的时候,就在寂静中舞蹈,模拟着声音,没有物理的振动,成为一种寂静之声,或者"声音之寂静",让宿主忍无可忍。

耳虫本来就是声音的魂魄,是一首歌或者几行旋律,吸了天地之精华,就成了精。

不唱歌的人,想得却很多。那些念头,就是耳虫的云彩、风、光和颜色。念头越多,耳虫越高兴。它们呼吸着念头，欣赏着念头，微笑着生活。念头滋养了苔藓，延长了藤蔓，耳虫优游其间。一旦你唱起歌来，这世界就振动、崩塌。一旦唱到了和耳虫一样的那首歌，它自己就振动，崩塌。

正所谓流水不腐，爱唱歌的人，通常也没有很多念头。

话说，写了一个专栏叫"耳虫"，耳虫渐渐就少了，这是什么道理？

话说，耳虫本来是，萦绕在耳中的那些歌，歌的残韵，片甲，一句半句。都说驱虫的唯一方法，就是唱出来。写文章是无声的，默念着文字，还是按汉语拼音，一节一节拼着念的。以前的字白写了？难道万物有灵，耳虫也不例外，而且识字，知道我说它呢？耳虫越写越少，不再抬头不见低头见，不再一迈步就踩在拍子上，不再发完呆就发现配乐还没停，它们去了哪里，在谁家里袖手旁观？

耳虫是歌的记忆，记忆是自由的，自由是免费的。

我没有唱出来，我写出来，一样的记忆，从心头唤醒，阳光下晒晒，就烟消云散。忘了。

同喜同喜。什么时候，大家都能随心所忘，心中没有块垒，记忆里没有脏东西。

话说，有些事是不能提的，假装没发生过的，自动屏蔽，消音了。谁唱就让谁崩溃了。耳虫也被镇压着，不许动。它们潜伏下来，千百只小眼睛盯着你。这样的时候，不要《生化危机》之类的片子，你看，它们也看，一看就突变，长成巨兽。巨兽在魂魄中穿行、吞噬。巨兽不再是歌曲；而是嚎叫，无声的哭，惨烈的静。此情无计可消除。

你揣着一身的巨兽在人间行走，而不自知。

杀猪老汉

我以为活在新世界,那厢里,烧烤摊上,却有人在听旧音乐。

不是"猛士一",就是"荷东一",旋律还记得,歌词从来不知道。为了霹雳舞,为了更加美好的明天,我们给双卡录音机通上电,让它跳舞、歌唱。我们磨破了运动鞋,蓝色运动裤,一身臭汗。熟悉的旋律,每天在耳中摇荡。听不懂英文没关系,我们用谐音翻译:"大饼油条,大饼油条",电子节拍噼里啪啦。这四个字和香港有关,五颜六色,振荡器,滤波器,效果器,温暖的合成器,直接通往感官世界。

美好的明天是存在的,只要有大饼油条。

然后还有一首歌。在阴暗潮湿的阁楼间,住着一支重金属乐队,几个好朋友。满地烟头,酒瓶盖,我在那里听了一年摇滚乐。看在《英华大词典》的面子上,那时候我已经听得懂一点英文了,听不懂的就直接音译。那歌的题目我懂,现在就能告诉你:你玷污了爱情的名誉。直译就是:你给了爱情一个坏名字。然后,歌词——好朋友里面,有一个叫做周荣进的,被我音译进去了。我这样唱:杀猪老汉,周荣进，you give love, a bad name。

爱情的名誉也存在，只要还有杀猪老汉。

又有一天，坐在小区的黑车里，司机没有听的士高，他和谐，他听着佛乐开黑车。"没感觉，没感觉……没感觉，没感觉。"梵文啊，都不懂，一听就听到了谐音，一不小心就不庄重了。原本是药师心咒呢。

旧世界的本能，把外语念成这样，国际广播电台的达人们，读到这里，已经笑背过了气吧。

可是如果有一个新世界，没有杀猪老汉，没有大饼油条，感觉很清爽，感觉很舒适，吐火罗语说得倍儿流利，我还知道自己是谁吗？我需要知道自己是谁吗？是不是我忘了自己是谁，才能是自己？有没有一种翻译，能同时通往两个世界？

然而我要那么多世界干什么？

迷茫的孩子啊，关于这另外的世界，佛是这么说的：爹呀他。嗡。别卡字也。别卡字也。妈哈别卡字也。辣炸索馍家的黑。缩哈。

我没有听过保罗莫里哀

这个名字不能多说,再说就穿越了。

可今天是阴天,还刮风,我躺在床上不肯起来,想着以前的女朋友,一个一个的想,想到天光半亮,就觉得要穿越了。

还好我没有听过保罗莫里哀。

莫里哀我是知道的,剧作家。中央人民广播电台,曾经在我很小的时候,不断使我误会,以为剧作家还活着,在搞音乐。一个女播音员,用闭经的声音,一个男播音员,用绝育的声音,说,下面请收听保罗莫里哀大乐队演奏的轻音乐。那时候我感到了悲哀。以我尚不成熟的心智,还不知道什么是悲哀,但他们的声音,还有那个人的名字,终究是让我体会到了悲哀的。我试图体会下去,从悲哀到悲剧,喜剧也行,然而什么都没有发生。一个正在长身体,需要牛肉和鸡蛋的孩子,面对轻音乐,会怎么想?

那时候我还没有女朋友。我什么都没有想。保罗莫里哀及其同事,不断地演奏,我听了,但什么都没有听到。生命中的半小时,又半小时,就这样过去了。

两个月前的一天，我在朋友家醒来，洗脸刷牙，把手机里的瑞士电话卡，换成中国电信。一条短信跳出来，是以前的同事，请帮忙买几张保罗莫里哀的原版唱片，可以汇款给你。我就想起来了更多的事情。我后来不听广播了，只听磁带和CD。我听了那么多的音乐，连喜多郎都听过了，可就是没有听过保罗莫里哀。我在兰州听打口CD，盗版，四海磁带，再早十年，躲在被窝里听侯宝林。我记得播音员的声音，开人代会的时候，他们花掉生命中的半小时，念与会代表的名字，两个字，三个字，偶尔一长串，"女"，"回族"，不紧不慢，排出无数短暂的空白。我连这个都听过。

一个要买保罗莫里哀的人，又一次让我悲哀。我连女朋友都不想了，专心地想着这件事，刷牙洗脸，来到电脑前面。这时候一个电话打过来，是打错了的。

雪孩子

小时候听过的最美的歌,叫做《滑雪歌》。有一个本来可以很美的动画片,用它作了主题曲。《雪孩子》。想必你也看过,或者听说过。讲一个舍己救人的故事。

有一天早晨。应该是星期天。只有星期天早晨会那么美,所有的人,都比平时更像人一些。小小的我,在睡梦中,正要醒来,回到那个由四十二栋一模一样的家属楼构成的世界。我梦到了一种美妙的感觉,差不多是在飞行,一个弧线和变化的世界,花和树,距离,缓慢地,小路和小溪流在下面弯曲着。但不是在飞行,因为我的身体并不在空中,只有一个俯瞰的,起伏的视角,也许是摄像头。

然后就意识到了,这梦是有配乐的。

"飘呀飘,飘呀飘……"那么慢,从容,又远又近,自由地飘。伤感吧,但是又划着饱满的弧线,散发出大白兔奶糖般的满足感。雪花当然不是这样飘,它们太多了。这是一个单数,与众不同的单线条,没有庞大乐团的陪衬,根本不像音乐。那大概是从大院的喇叭里传来的,或者收音机。完全醒来的时候,我觉得自己焕然一新。而歌声仍然在继续,嗓音里暴露出一丝甜腻,一丝邪教般狂热的幸福。我第一次感觉到,在这个有组织有预谋的世界里,还飘着一片无足轻重的雪花。即使它必须被一个瞳孔扩散的人唱出来,目的是让我们学会舍己救人。

后来它化身为我最美的一只耳虫,住在鼻腔上部和颅腔一带。最近一次现身,是去年十月,一个阳光很好的上午,我从邮局回来,经过一条没人的路,自行车向左向右,划出了弧线,它就醒来了。

重叠

和美女同乘电梯，气息氤氲，心旌摇荡，我向她注目，微弱地笑。

她的眼神并不冰冷，但却无法形容。她看着我，迟疑地，缓缓转动脖颈。她眼中有光，耳垂下有汗。她瞳孔比正常略大，眉宇比别人舒展。一种恍惚，阻挡在我们之间，不是我的晕，也不是她的神秘，而是交流的停滞，就像两个世界之间的吸引和对视，河水两岸的情怀。

她看着我，并不高傲，也不提防，像看着玻璃窗外的景色。十秒之后，电梯停下来，她侧身离去，我注意到她戴着白色耳机，那里面传出细微的节拍。

我也带着 iPod 出门，坐地铁，出入超市，与陌生人擦肩而过，眼神短暂地相撞。电话响起的时候，就摘下右边这只，把电话放在耳边，而热切的吉他仍然在左耳嘈嘈切切。我知道音乐的魔力。我骑着自行车，在星期天穿过小区，牙买加的迪斯科，希腊作曲家的打击乐，悲伤的失恋上瘾的诗人，他们的世界在我两耳之间，鸣响，而我像穿行在时空的另一条线上。

音乐笼罩了我。而我还置身于此世。两个世界重叠在一起。我带着一个,经过另一个。即使身体不动,地铁也会经过国贸、永安里、东单,在北京的黑暗中西行。即使地铁以七十公里的时速运动,我和车厢,车厢里的陌生人,仍然保持近乎于静止的平衡,是一个封闭的系统。耳机是车厢,我的身体是地铁,什么是北京的黑暗?

听觉的世界,是车厢,我是地铁,变化着的此时此地,是地铁经过的北京。

iPod 是配乐,人是演员,我生活在一场电影里。

现场音乐是和身体同步的体验, iPod 是分离,精神和身体分属两个世界,它们又重叠在一起,在一场不自知的电影里。

我听着旧金山的海鸥,科隆教堂的钟声,在地铁 5 号线遇到无名中年人。他踩了我的脚。这瞬间猝不及防,平衡崩塌,我不知道要做何反应,不知道做出了何种反应,我无法开口,血往上涌,我们无法交流。那么,电梯里的女士又在听什么?我是她电影里的什么?如果我踩了她的脚,电影又该以何种方式,崩塌于两个世界的交叠之处?

需要更多的世界,更多的时间。我们携带着五分钟的歌曲,经过五分钟的现实。我们比现实更神秘,像同时存在于玻璃的两面。

耳虫 2010

祝你爽,吉祥

今天感冒了。是局部感冒,只有嗓子疼。这说明我有点上火。

上火之前的几天,身体很热,中气足,起床就想唱歌。但我不会唱,只会哼。活了三十多年,听过许多歌,有的感动过,有的学习过。一过热恋期,所有的歌都只剩一句、两句,像烟头在嘴边叼着,半死不活地冒烟。

话说我中气足到要喷火,喷出来的只有一句: 祝你爽,吉祥!

这是左小祖咒的新唱片里学来的。歌名字叫《竹林》,是一个藏族女孩子唱的。

藏族歌我没少听。兰州那地方,到处是认识活佛的人。长途汽车在市区里减速,肮脏的玻璃窗,后边,总是贴着几张藏族人的脸。毡做的礼帽,水晶石做的圆眼镜。腰里,当然别着一尺长的刀子。

这是最后一句,连起来唱的: 祝你爽吉祥。和声很有意思。我想起1995年,中国音乐学院的古筝老师王勇,也是崔健乐队的成员,他,发表了一张和藏族音乐很有关系的唱片,叫做《往生》。一样的和声啊,像牦牛一样壮,像桑烟一样浓。在这样的和声里,唱的不是生,就是死。谈完这些就无话可说了。好在谈不完。

而和声我是不懂的,胡乱说说,感觉而已。左小祖咒大概懂一点,至少比以前懂。这是一张极其精致的唱片,乐器,声响,像是外国艺术家做的设计,外国民工做的装修,灵感缤纷,全都镶在合适的位置上。没少下工夫啊。而我只能这样感觉一下,说它很有意思。艺术家辛辛苦苦,难道就是为了让人说一句:很有意思?

这个话题也谈不完。一说到为什么,就总也谈不完。我哼着那一句,走在雪地里,咯吱咯吱,心情和它一样,动力澎湃,直奔云霄。你问我为什么心情这样好?没有为什么。

没有谈论生,也没有讨论死,左小祖咒祝我爽。我同意爽是很重要的。前些天我遇到他的一个朋友,要么就是熟人。她说新专辑我听了,一直在起鸡皮疙瘩。我替他祝贺了她。一首歌,连鸡皮疙瘩都不能让你起,那岂不是太失败了。我替他感到爽。瞧,搂草打兔子,又得罪了一个。

他也没让我写乐评,连暗示都没有。那我就不写。以前写乐评爽,现在不写爽。我像个神经病,无休止地哼着那一句，煲汤，喂鱼，焊音频线，在家里忙活。没有戴耳机，但是如果你是秘密警察，从窗外窥视进来，可以看到我伸着脖子，点着头，从厨房到客厅还跳一下。你问自己，这个人在干什么？你感到紧张，可能还起了鸡皮疙瘩，你打算汇报，但又无话可说。真好，一不小心，又把你给得罪了。

有多骚

我揣着乱糟糟的心情,度过了又一个下午。

感冒还没有好,摔坏了一块玻璃,晚饭没有人陪我吃,午饭却吃多了。

我想那就写点什么吧。精神不爽的时候我就写点什么,写得乱糟糟,然后甩给编辑,让他们和读者郁闷去。时间总是会过去,要么什么都不做,要么就做点什么,天黑下来就像钱从钱包里溜走,那么快,没商量,得抓紧。

我想那就写左小祖咒吧,一大早,他拎着热腾腾的包子来找我,给我听他的新唱片,胡子拉碴,正在节食,将要去台湾过新年。多少次,我打算去找他吃晚饭,先上上网,又翻翻书,打几个电话,给猫梳毛,天就黑了,晚饭时间结束了。当时没抓紧办,现在后悔莫及,他搬家了,要一起吃晚饭,得坐车去北京的边上,吃完了得住下。

天上飞机有多高,左小祖咒有多骚。

他住在一个大园子里,可以钓鱼,有孔雀。据说新专辑里的歌,好多是在那里写的。地方大,心情好,飞机随便打,酒随便喝,看谁不顺眼就把他想象出来,在大园子里当足球踢。

　　所以他才那么唱歌，说是肯定有相当比例的人会上当，如果你不能搞定那岂不是大错特错。他总算是不跑调了，有相当比例的人感到失落，就像诗人发胖，朋克发财，人们都会感到失落。他随便地唱了一首，又唱了一首，刚好没跑调，但是比跑调还要命，像一辆刚好开走的公共汽车，你甚至还拍了一下车门。

　　创造自己的真实，就算它根本不真实。他居然这样唱。这首歌叫做《忽悠，忽悠》。这是一首关于信仰、幻相，以及宿命般不可抗拒的感知的歌曲，它必须被一种漫不经心的口气唱出来，并伴随着喜悦的痉挛，和艳俗的存在感，以便在现实中制造深不可测的悖谬。我这样说，编辑和读者会郁闷的。但他们会假装喜欢。我还可以扯到量子力学上去，你听说过法国物理学家阿兰·阿斯贝特吗？还有德国物理学家海森堡，及其测不准原理？

　　我知道编辑喜欢什么。但我总是写不出来。我并不为此焦虑。

　　天已经快黑了，我今天做了很多事情，全都没有意义，我买了菜，把旧音箱搬到仓库去，洗澡，写了六封邮件，看了四十页小说，听了两张 CD，没有孔雀，也没有飞机。听左小祖咒的时候，正是下午，阳光最好的时候，地板反射着蓝绿色的光，但的确没有孔雀。

静止的姑娘

我喝多了茶,躺在被窝里,一动不动。

头脑是那样的清醒,身体像消失了一样,比头脑还清醒。我打算起来喝点别的,要么就看会儿书。欲望的气息在飘荡,我也可以看个 A 片什么的。

结果我一直躺在被窝里,一动不动地体会着我的静止。这是头,这是头发,这是右腿的曲度,这是呼吸的小腹,这是我用了三十多年的身体,这是它的大脑,正在静止中运转,清楚得像用刀刻出来的。时间停止,波澜不惊,灯光是灯光,窗帘是窗帘,然而我升华了。

然后音乐响起,"我要叫你一声好姑娘。"性欲也升华了,变成了爱情。左小祖咒,新专辑的第一首,第一句。见一面就能记住的,通常都不是好东西,这首歌也不例外。红颜祸水,疤面煞星,都像刀子一样,刻下第一印象,所谓命中注定。命运本身就不是好东西,你刚一握手,就失去了自由。

然后你难免会问,他到底是个流氓,还是个情种?冤家啊。

还不都是一回事。左小祖咒看着你唱，一本正经地不当回事，嗓子松的，像随时都要失事。而又健壮，专一。他的眼睛是静止的，望着你，既不用力，也不不用力。这时候我希望我是个女的，然而不是。他还在我脑子里唱，我记性不好，就记得这一句。后面有一句唱到尾巴就掉下去，和许巍一样，连韵脚都一样，这个我也有印象。没完没了的，他唱着好姑娘。那么我就希望我是他，慢慢地使坏，慢慢地进入静止，韵脚回荡，胸怀敞开。

我等待着自己做一个决定，要么翻个身也行。但是一动不动太美了，啊我的脖子，我的自由而不乱跑的血液，以及被无数个静止的瞬间串联起来的意识。静止久了，我就听会儿音乐，大脑就是播放器。音乐不长，总共一句，回荡成一个整体。原来音乐也可以是静止的啊。左小祖咒这个坏东西，他掌握了一些窍门。他松弛，韵脚才会自由地回荡，他在控制和不控制之间，也就是静止的地方。这比许巍坏多了。

好吧，我说得太多了，接近夸大其辞。关于静止，一般人不这么想。关于音乐，可能所有人都不这么想。爱情和茶一样，会让人夸大其辞，我明白。

升华完了，我左翻身，右翻身，折腾了半天才睡着，第二天呵欠连天，还消化不良。就是为了这一小会儿静止。总的来说，我认为还是值的。

老子有的是钱

有一天我收到远方的短信。远方的朋友说,给个账号吧,我要还钱给你。

是吗,我都不记得了。我家掌柜的说过,不要借钱给朋友,真的需要你就给,别让他还。

这话靠谱。万物相生相克,钱属金,朋友属木,金克木。

后来我也没收到钱,再后来见了面,也没提这事。他还是那么炯炯有神,坐如钟,立如松,走路像风。可我看他就有点不顺眼了。金克木,真的。

啊这种感觉,和腰间的肥肉一样无法抗拒。恨也好,自强不息也好,就是挡不住它一分一厘地滋长。其实我多想说一句,老子有的是钱,拿去。我多么想摆脱自己的小器,做一个没有牵挂的人。歌中唱道:不借钱给朋友就会失去朋友失去钱,借钱给朋友又会失去钱失去朋友。生活就是这样。这是左小祖咒唱的。音乐带点日本风情,古老日剧的感觉。跟日本完全没关系的歌,《钱歌》。一个大款,坐在办公桌后面,欣赏着日本写真集,突然来了个穷朋友,于是他开口唱道：给我个面子我什么时候不让你尊敬我？

其实他也不会唱歌，就是人参吃多了，慈善事业做多了，哼哼起来能找到调，说着说着就变成唱了。要做大款，除了有勇气，还需要一些才华，登山、写书、音乐什么的都难不住。所以说金生水，有钱人到哪儿都淹不死。于是就慢条斯理，谈人生，于是就有了钱歌。

我不是说左小祖咒有钱。他是爱花钱。你可以观察一下：他的舌头，像搂着小妞的大款，华尔兹，差点踩了脚，赶紧倒过来，还面不改色。这样唱歌的，都属于自我感觉良好，指鹿为马，没喝多就吹牛，花钱不眨眼的人。人生就是这样，当你有了钱，或有了小妞，你就多了一个牵挂，左右不是人。当你有了很多钱，或很多小妞，就有资格不再牵挂，就有望面不改色。可是除了爱花钱，左小祖咒有什么，你说。

现在没人找我借钱了，朋友都改了属性，君子之交淡如水。但借书的还有。有没有人找左小祖咒借钱呢，不知道。但他一定不会忘记脱贫以前的生活，那时候，朋友们大都经受过金钱的考验，留下回忆，这是一个敏感词，不会有人写成歌再唱出来。现在看来，他大概是不指望跟老朋友保持联系了。他谈人生的方式，是硬座车厢的方式，烟雾腾腾，乡愁烈烈，还有人换拖鞋，他和陌生人聊得哄堂大笑。全是敏感词。得罪了不少人。

　　朋友这种关系，互相伤害是最方便的。多么尴尬，和钱一样脆弱，一花就没。其实我想说的，是老子有的是朋友。然而扪心自问，谁敢豪迈地喊这么一句？左小祖咒，看样子是已经觉悟了。他知道这不可能是一件豪迈的事情，他只能这样地唱出来，配着忧伤而艳俗的音乐，俗到大款挥霍着舞步，小妞看破红尘。

你是一个麻烦

是的我是。又称问题青年。小时候应该叫问题青少年,但那时候还没这个词。

现在是大龄青年,眼看就中年了,青少年们,尤其是无情无义的青少女们,已经迫不及待地喊我大叔了。

想到我依然是一个麻烦,搞不定、拎不清、煮不熟,就油然欣慰。完美我听说过,但这是有钱人家的精装修。我只是涛涛人海中的一小滴。改革开放三十年,哪年都没消停过,记忆深处是一个悲壮的民族,往哪个方向折射一下,都是残缺的青春,又称打口的一代。

话说收打口CD的时候,也看看口子是不是打得漂亮,有时候就能看到完美的。闪电,水波,仓皇的裂缝,坚决的豁口,和盘面封面设计搭配起来,就是天作之合。

我理解左小祖咒,为什么这么感伤。确切地说是忧伤。说忧伤他不好意思。他就站出来,在忧伤的前排,为大家感到悲哀。都是些笨蛋,抱着忧伤像抱住了大款的腿。你不让我忧伤我就和你拼命。他看着成排成排的笨蛋,心情不错,自己都顾不上忧伤了。

打口已经是历史了。文艺青年都是些笨蛋。左小祖咒不抒情会死。这三件事我用一首歌概括掉，那就是《忧伤的老板》。歌里面有一句词，叫做你是一个麻烦。我说了我是。二十年前我是，但是我不知道。十年前我是，而且生怕别人不知道。现在我还是，这是一件私人的事情了。这句歌词和以上三件事之间，没有逻辑的关系，但是不代表没有关系。我有好多朋友，青春期结束后，怕给别人添麻烦，结果把自己活成了更大的麻烦。还有些人，喜欢惹麻烦但又负担不起，终于就不敢惹麻烦了。这些人都和我有关系。

我今天的麻烦是时间不够用。很多人等着收邮件，里面会有一份巡演方案，中英文对照。我酝酿了一个星期，还没写呢。先写写左小祖咒比较好，就当养生了。这会儿他在山西，参加杨波的婚礼。杨波当年，没少给人惹麻烦，有读者写信骂他，他就把信登出来，再骂回去。大家都喜欢得不得了。一些以捣乱为天命的人，用王凡的话说就叫乱人。不是乱党。

王凡不抒情也会死。左小祖咒唯一的情歌对手，就是王凡，可惜他早就不写歌了，连唱都不肯。他是那么的倔。对于世界他仍然是一个麻烦，我们都爱他。

我可以唱一遍那首歌。但没有蒙古人在背后撑腰，喉音啊，左小祖咒的忧伤是带着苍茫草原作为底气的，我怎么可能唱得过一个录音团队？我的忧伤算得了什么呢？然而我的忧伤也是忧伤啊我想。我想了又想。我想算了让文艺青年去死好了，抒情是一件私人的事情，我应该为此感到欣慰。

症状未消除

这是关于左小祖咒的一千字。关于他的新专辑《大事》，里面的第八首歌，《杀人剂》。

整个昨天，我感觉一切都非常慢。一大早我去了尤伦斯，布置场地，调试音响，出汗，吃了鸭腿面，然后演出，然后和很多人握手，说话。我参加了一个婚礼，红酒不错。从婚礼出来，六楼直接下到二楼，和人谈合作，未遂，改谈人生。回家的时候，精神燃烧殆尽，直到现在还没睡够。

我不是非要写左小祖咒。他唱了九首歌，我已经写了五篇，现在有点非要写完九篇的感觉了。但我不喜欢非要。非要做的任何事情，都必将变化，成为另一出戏，让你大吃一惊。安迪·沃霍尔说，小心你想要的，它迟早会到来。

我不是赖在这里写。我也不是赖在这里活着。

睡不够也不能阻挡我度过今天。

还有明天。当然，明天会不太一样，我会在飞机上度过，喝一点酒以助睡眠。飞机上坐满了考察团和旅行团，不学无术的留学小妞，精神焕发的外国人，早年偷渡的餐饮业者，基督徒和佛教爱好者，谦卑的秘书。社会就是这样，和黑社会完全不同，而低收入阶层属于报纸社会新闻版，已被航空公司排除不计。我总是希望今天和明天之间能多出一天，一天就够，可以远离社会，假装是无产阶级，也就是马克思说的，从阶级中脱离出来的人。

我不想谈社会。生活已经杀了好多人，还逼疯了不少。政治和经济在发展，信息在爆炸，每个人都在抱怨，高级一点的就批评，不说话的那些，仔细一看，全是受害者。社会，把一些人活活逼成了公民，有的人上了电视，剩下的上了网。我没有能力谈这个。我身在其中。我昨天才穿过社会，去演出，去婚礼，去谈人生，一路上比堵车还堵，精神受到污染，到现在症状未消除。

缓慢是救命稻草。我慢慢度过了昨天，没有感到疲惫和失望，不喜也不悲，从外面看起来像个高人。从里面看，是在社会面前找了个对策，给自己一个缓冲，又称台阶。这叫以守为攻，要是快起来，就叫老虎不发威，当我是病猫……

以上是吹牛。属于症状未消除。

快是真理。是即兴。直接行动，没有曲线救国。在垃圾堆上起舞，在厕所里唱歌，吃猪吃的精神食粮，仍然精神焕发，像外国人一样热爱生活。快是无法理解的，从外面看和慢一样。但快根本不是用来理解的。你能告诉我，为什么左小祖咒要那样唱歌，要那样的音乐？连他自己都说不上来。

他就是一步到位,大笑三声,又奸笑三声,仰天出门,在社会的垃圾堆上茁壮成长。你无法理解他为什么那么快乐。

他要是不快乐,早就死了,要么就疯了。作为幸存者,他没告诉你,我们身边有很多不幸的人,至今症状未消除。

我没有别的事了

几年前我从左小祖咒那里学来一句话,叫做:这些已经快和我没什么关系了。

时间过得并不快,但社会变得太快。昨天你还是愤怒青年,在街头呕吐,和陌生人打架,今早醒来,那个世界就和你没有关系了。当然你可以假装很忙,假装浑然不觉,一口气熬到死,死也不回味。攒下的后悔啊,悲愤啊,遗憾啊,都捐给电视剧,你斜靠在沙发上,假装这都是别人的故事,假装自己也是一个善良的,时光的受害者。

其实是舍不得为自己悲哀:现实真是残酷,我真是窝囊,那个美丽的王八蛋,如今去哪儿了啊。

这种感觉,我小时候在书里读到过,没想到还真是那么回事。

我最近老是回忆。好多事假装忘了,终于又想了起来。有些事可能是虚构的,已经分不清真伪,有些事让我大吃一惊:我也曾是个傻逼啊。再想想,或许现在还是。而我曾经和正在,居然活得好好的,看来做个傻逼也没什么问题。

这算不上衰老。再说,衰老就衰老,我已经不再梦想金枪不倒,也不羡慕工体西门一带的狗男女。这已经不重要了。

左小祖咒唱过一首歌,我现在坐在飞机里,想不起歌名,只记得他得意的嘴脸。那首歌是关于幸福的,他说当你需要的时候,它就来了。多少人,是靠愚昧和残忍活下来的,他们无法理解这首歌,他们不相信除了卧薪尝胆和回马枪,还有什么办法和时间抗衡。

当然这也不重要了。我已经不那么喜欢挖苦人了。

回忆是件有趣的事情,相当于读科幻小说。我也曾是个科幻迷,这件事不回忆还真忘了。初一还是初二的时候,我从学校图书馆借来一本小说,说的是,飞船靠近了一个巨大的物体,没有人操纵,也没有机器,它自动飞行。它是许多年前的生命体和机器共同进化而来的,里面融化了无数人和机器的记忆。

因为工作需要,我努力地回忆,在过去的十年里到底干了些什么。还没到开回顾展的年纪呢,我随便回忆一下好了。我努力地让那些美丽的王八蛋,从时间里跳出来,必须是活的,傻逼也行,再活一次。不存在未竟的梦想,只有地雷、伏兵,当你需要的时候,他们就来了。

多美的一首歌啊。得攒多少年才能攒出来。你还得学会忘记,说那些都不重要,我已经没有别的事了。你得花掉你攒下来的,才能这样轻描淡写。

哪部分的

左小祖咒录完了新专辑,很得意,到处说这是一张真正前卫的唱片,而且是 360 度的立体声。

我问我表妹,怎么样?她缓慢地摇头,表示不好意思说不怎么地。我又问还有谁听了,她说录音乐手呗,他们也不喜欢。

我表妹就在录音棚工作,她提供内部消息。不过录音乐手很多,是谁不喜欢呢?好吧,总之是个好消息。有她和他们不喜欢,已经成功了一半。

然后就发行了。附近的文艺青年们说,大事不妙,大势已去。左小祖咒多年的老朋友,在远方的 MSN 上说,差到跌破底线。我就预感到一片祥云,在祖国歌坛升起。没过几天,豆瓣网上看见帖子说,左大师疯了。好啊,豆瓣青年的品位,创意市集的品位,一切被称之为品位的可耻习气,一定不会错。而左小祖咒一定是错了。而我期待着错。

而一个"充满正确的时代",车前子说。

有一天在 D22 酒吧门口碰见尹丽川,她说:你还那样吗?越是群众不喜欢的就越是好音乐?我没好意思和她聊逻辑学。因为我不懂逻辑学。我就知道群众不一定喜欢好东西。都认识十年了,朋友一场,我在她心目中,变成了一个一加一等于二的神经病。这很悲哀。

逻辑终归是悲哀的。我还没听那张CD,我只是兴奋,心想难道左小祖咒回来了吗?十年前他是狂犬,今天还能是吗?十年前尹丽川也喜欢左小祖咒。那时候要么地下,要么主流,站队站得很清楚。是有逻辑的。后来大家的生活水平提高了,年龄也大了。有的人爱说我仍然热爱摇滚乐,哎哥们,最近这些新乐队,有没有什么好的啊给介绍介绍?另一些就说我现在车里总放着左小祖咒,太吵的就算了。仍然是有逻辑的。鼓楼和南锣鼓巷的逻辑,和王府饭店的逻辑一样清晰。

我现在坐在外国,回想起左小祖咒脑后的反骨。

反骨的逻辑,是一切叛逆颠覆反抗都美,甚至道德上是高等的。反骨多么悲哀。

我听着鸟叫醒来,回忆着他唱片里的第二首歌,叫做《动人的部分》,嘴里哼的却是《忧伤的老板》。这几千里没白飞,我把《动人的部分》给忘了。反正是首爱情歌曲,又或者是谈人生的歌曲。就记得它是首大俗歌,和走在王府井大街上的人一样,个个都差不多,一脸的电视剧,一肚子宿便,越看越不一样,个个都有故事,有眼泪也有一颗变态的心。

外国人不理解这些,他们只能理解艾未未。现在中国人也这样了。你是哪部分的?我是动人的部分。必须这样回答。你不能说真话,说你哪部分都不是。

小事

我在苏黎世机场等人。

好像有点高兴。我慢悠悠的,百无聊赖,有一些生物化学的事情在内部发生,有点热,有点甜,有一点享受。享受什么呢,我不知道。在飞机上待累了,北京已经半夜了,机场没什么人,我喝了点,像一个郁闷的外地人,不好意思盯着人看,只能看电视。

电视里是职业摔跤,肌肉男殴打肌肉男,我想,可以把他们做成红烧肉。

我打了个喷嚏,路过的人说,葛宗沓禾,也就是祝你健康。

过一会儿我就要扯到左小祖咒身上了。前几天我一高兴,决定拿他的九首歌当佐料,写九篇随笔。这是最后一篇,关于最后一首,《北京画报》。专辑叫《大事》,我已经听了接近十遍。

这种高兴是有来由的。音乐是钥匙,要么就是药。李皖说他听喜欢的音乐,汗毛会竖起来。胡昉说小河在电视上,当场把人唱哭了。半年前我收到一条短信,描述听我演出的时候,牙龈发紧,鸡皮疙瘩浮现了。我还见过一个人,盘腿合掌听古琴,两眼紧闭像是刚加入邪教。

煤气泄露。我想。在机场,身体里的什么胺泄露了,没用钥匙,阀门自己开了。

左小祖咒说,他最近搬到了一个大房子里,空荡荡的爽极了,写歌写得飞快,《北京画报》只用了十几分钟。那么空荡荡的也是钥匙。

也有可能是监守自盗,空荡荡的没人看着,就趁机作案。阀门一开,各种胺,各种素,哗哗地泄露。像《北京画报》这种,不是一泻千里,也是野马脱缰。一个人身体里,能装多少生化原料啊,他哗哗地往外倒。你身体里的贼听见了,也跟着动手。释放出来的东西,也许是难受。想哭也可以哭。这首歌应该有三十分钟长。一小时也行,放在机场,火车站,人来人往,让大家都难受难受。我有时候太高兴了,也有难受的感觉,像饱满的吉他声给加上了一道噪音的镶边。难受大了,也镶一点晕乎乎的幸福,类似于回甘。

关键是得释放出来。俗话说家贼难防,那就别防了,跟防贼似的。

我带的书和杂志,都在飞机上看完了。iPod 没敢听,怕听大了,睡着了。酒挺贵的,可是和卖酒的一聊天,就忍不住又喝了一杯。我意识到这几篇随笔,写得和以前不一样,受到了那些歌的影响。这不是什么坏事,也不是什么好事。我意识到酒精的作用,脸和手更热了,脑子却凉快了,这是酒精和什么东西共同的作用，我的高兴变复杂了。

我坐在那里看自己。我想起来刚看过贾木殊的电影，《控制的极限》。没有限制就没有控制，最后的字幕说。Boris的配乐美极了，简直快要庸俗了。当你要写点什么的时候，迟早会遇到这样的问题，自由是无限的，但也是具体的。你可以偏这样一点，也可以偏那样一点，无论如何，都不是坏事。你会想，应该在哪里放手，能不能再放开一点。你为什么要写，为什么要做音乐，这都是些小事，但不是没事。

我梦游一样地坐着，随便想点什么，让自己别睡着。我把自己交给高兴，随它怎么使用这身体。

阿拉木汗在哪里

我一直以为阿拉木汗是个地名。像什么，阿尔罕布拉官，之类的。

话说阿尔罕布拉官可是个好地方。我并不知道它在哪里，但是有一首西班牙古典吉他曲用它命名，手指头飞快的那种，神秘的、外国的那种。上中学的时候，在黄土高原上的水泥城市，这种吉它曲能把人听死，至少也是灵魂出窍，一心要往彼岸去的那种。

当然，到上中学的时候，已经知道了阿拉木汗不是个地名。已经听了几十遍，几百遍也说不定。有个新疆大叔，成天在电视上唱啊跳的，这首歌就是他的拿手好戏，还伸缩着脖子……话说电视里还有一个内蒙古的阿姨，两三个西藏的，一排云南的。剩下的地区都由汉族人代替了，反正穿上演出服，灯光一照，哪个族看起来都一样。一张嘴，字正腔圆，情操美好，也都一个样。

阿拉木汗什么样，昂，身材不肥也不瘦。

这我可知道。结婚前都这样，能歌善舞，快乐的小鸟小蝴蝶，除了阳光和爱情什么都和她没关系。结了婚就变成劳动人民了，身强力壮好干活。这是我妈说的。她的意思是，结了婚就胖了,不美了。当然胖也是一种美,只要不俗气。但舞台上的大叔,一直假装胖是不存在的。连瘦都不存在。舞台上只能有一种美,灯光一照,嘴恒常咧着,肩膀恒常端着,像是来自彼岸的接引使者。

现在大叔也不存在了。

我在天坛公园,就看见了另一个大叔。

地上放着录音机,小碎拍子,维族音乐,五六个大叔和阿姨,正在翩翩起舞。隔着树丛和垃圾箱,仔细看,都是汉族人,嘴上贴了巨型的胡子,发扬着山寨精神,就更像汉族人了。有一个背影,好粗的腰,扭得轻巧、自然,转过来一看还是汉族人。正在手把手教一位阿姨,像挥舞着一件笨拙的连衣裙。

实在不好意思,我们汉族没什么舞可跳,就当是借的吧。

我还见过跳锅庄舞的,大街上,连服装都不换,也不贴胡子,就变成了藏族人。跳到半截,一跺脚,一起喊一声"呀啦嘿!"尘土弥漫,那叫一个开心。

反正阿拉木汗也不会路过天坛。她不是在歌舞团,就是在新疆饭馆里,端着加了番茄酱的拉条子。

就是到了新疆饭馆,你也不一定能找到阿拉木汗,因为那多半是青海人开的。就像在西班牙,日本饭馆是中国人开的。意大利皮鞋厂也是。

有一回，崔健在巴塞罗那演出。他没说乡亲们好我代表祖国来看你们了。他说，我不是来卖假鞋的。灯光一照，他没看清楚下面都是中国人啊。结果全给得罪了。中国人，来到彼岸，造假鞋并不是唯一的出路，即使造了，也是为了有朝一日弄假成真，扬眉吐气。你说话要小心。

那位我已经忘了名字的大叔，在舞台上问：阿拉木汗在哪里？然后又答：吐鲁番西三百里。这就是存心让你找不到。三百里，没飞机，没地铁，一不小心走到了罗布泊。大叔既代表祖国，又代表彼岸，到处去看望乡亲们，向他们提供阿拉木汗的消息，但并不鼓励人们去寻找她。这是绝招，崔健没学会的。

崔健就知道唱：你这就跟我走。可是他不说去哪里。这就像火车站一带的大叔：跟我走吧，放心放心，马上就到，有独立卫生间。

彼岸这地方，是不能真的带人去的。

僵尸的世界杯

全世界都在喝啤酒，眉飞色舞，她一个人寂寞地坐在深夜，对着同样寂寞的电脑。

电脑里，僵尸进攻着她的院子，要吃她的脑子。而豆荚、樱桃、倭瓜、土豆、睡莲、蘑菇，这些挤眉弄眼的植物，在保卫着院子和脑子。青色的倭瓜，看见僵尸来了，一边的眉毛挑起来，"嗯？"，就跳起来，把他们压扁。龇牙咧嘴的辣椒，先运气，然后炸掉整排的敌人，有时候运了半截的气，僵尸从天上下来，就把它抱走了。

僵尸是刚从墓地里爬出来的，衣衫褴褛。有一个爱读报纸，戴着眼睛，你打掉了他的报纸，他就呆在那里，然后发狠，向前冲。秀才造反，就是这么来的。还有一个让我印象深刻，他悲哀地抱着八音盒，小丑模样，一路走，一路音乐在响。要么你打死他，要么他就让盒子爆炸。纯属自杀袭击，绝望的恐怖分子。可惜他是僵尸啊，已经死了一次，再死一次也上不了天堂。

全世界都一种声音，高亢的嗡嗡嗡嗡。话说我去药店，被四个阿姨围住，讨论阿根廷，也是一片嗡嗡嗡嗡。一个人，要喝掉多少啤酒，吃掉多少鸭脖子，才能在一片嗡嗡嗡嗡中，找到阿根廷的频率？

她就一个人坐在世界的背面，保卫着自己的脑子。

僵尸发出咔哧咔哧的声音，在吃她的植物。有一天我做梦，梦见了僵尸的配乐。叮叮咚咚的，还有银币和金币在响。僵尸的配乐永无止尽，不知道从何开始，又从何处循环再度开始。

寂寞就是这样，它在循环，你找不到头，抓不到它的把柄。

对这个寂寞的世界，世界杯没用，只能消耗，榨干你最后的力比多，瘫痪在床上，忘掉你的寂寞。

那些踢球的人，一年比一年帅，成了演员中最精致的一类。那些看球的人，还抱着他们的啤酒肚，踩着一地的鸭脖子骨头，年复一年，嗷嗷的，嗡嗡的，唱着东倒西歪的歌。

而僵尸的歌是星光灿烂的，有时候甚至很阳光，规模很小，但是立场很坚定。要吃脑子的一方，前赴后继；保卫脑子的一方，欣欣向荣。植物随着节拍摇摆，怒放着豌豆做的子弹。我就想起北京的大晴天，太热了，也太耀眼了，容不得僵尸。北京的频率，只能是啤酒和啤酒肚。

外国人都不相信北京的大晴天。2008年，报纸上说，每天要打几千发炮弹呢，黑云全打散了，白云也打散了，老天爷都不敢不晴。外国人一看见大晴天，就说是你们自己弄的。运动总是需要大晴天，不许一个人阴郁地待着。运动是强制出汗，发出排山倒海的嗡嗡的声音。以前是排山倒海地唱歌：我们是冠军。或者：嗷累嗷累嗷累。小辫子古力特还出过摇滚乐专辑。现在简化了，直接找你脑波的频率，让你们全体都爽，让你们假装各执一词，其实没有立场。

世界杯是外国的，僵尸也是外国的。这是另一种寂寞，要用国产的大晴天来消除。

深夜打僵尸的人，第二天，和深夜吃鸭脖子的人，坐在同一间办公室里。都没有带来自己的脑子。世界上因此回荡着两种声音，一个是轻快的摇摆和叮咚之歌，一个是嗡嗡嗡嗡的频率之歌。光天化日之下，他们对彼此的昨夜保持沉默。

两个被吃掉的脑子，一个是寂寞，还有一个也是寂寞。

肯尼基你妈妈叫你回家

回家路上我买了几个桃子。桃饱杏伤人,我妈说的,要么就是我爸说的。我老家号称瓜果之乡,也叫做在那遥远的桃花盛开的地方,上初中的时候,每年还被组织参加桃花会,也就是在弥漫的尘土中抵达一片桃花之林,铺开塑料布,吃午餐肉和糖水桃罐头。

我就想啊,这个家是回不去了,当年的安宁白粉桃已经品种退化了。当年有个姓蒋的男的,被请到桃花会,唱那首关于桃花的歌,现在他跑哪儿去了?还故乡故乡的满世界走穴吗?都是另一个时代的事了。就别矫情了,把平谷大桃洗干净,捏在手里,凝视片刻,吃掉吧。

桃子没了,尘土也不飞扬了,一条新的滨河大道,通往新的小城,丽景,嘉园,公馆。还有什么不会变的,嗯,除了肯尼基的《回家》?我就想,也就是这家伙生命力顽强。全中国的火车都欠他钱,还有很多航空公司,西北航空公司很喜欢它,还有东方航空,上海人也想家,还有各地的长途大巴,油乎乎的川菜馆,简易咖啡店(以前叫音乐茶座),卖门铃的,卖普洱茶的。这段旋律已经变成民歌了,像河水一样，将我们浸泡、洗涤、吞噬、转换成它的孩子。

我从小就不会唱民歌，我妈也不会，我同学也不会，音乐课教的是日本民歌红蜻蜓、少林寺、民国的李叔同。李叔同还没有少林寺生命力顽强，老师不指挥，我们就不唱，而民歌是自觉的，所以少林寺更贴近民心。红烧肉短缺的年代，素食者李叔同被忘记了。

然后就是肯尼基。我有个师兄，有名的本省诗人，预言了他的走红，他在1980年代说，萨克斯是最忧伤、最抒情的乐器。忧伤是奢侈的，像尘土和痰迹中的提拉米苏，像集贸市场里的外国人，像安塞腰鼓队里的萨克斯，金闪闪、流线型的。肯尼基填补了我们没有民歌的空白，让自己循环起来，遗传，滔滔不绝，源远流长。每个人都受惠于他，在市场经济的大潮里想家。或者说，每个人都平衡于他，左手市场经济，右手妈妈，资本主义的每两个毛孔里，都有一个流淌着故乡的温情。

后来我师兄做了性学作家，主攻青少年性问题。

我呢，终于认识了一些吹萨克斯的，有的曾经在夜场工作，就经常被大哥点播：来首肯尼基！有时候我们会聊起民歌。其中的一些人也会吹唢呐、笛子，甚至笙。我们就发现，小时候，妈妈都没有教过一首歌。各民族的音乐都被电视台没收了，还回来的时候，有的叫原生态，有的是光芒万丈的舞台上，几十个伴舞的小妞。有时候，大哥也会点播

《常回家看看》，黑社会也有妈妈的。考虑到普及程度，经久不衰，这也可以算是民歌。反而那些原生态和我没关系，比提拉米苏还稀罕。

话说肯尼基在自己的家乡，被当作流行音乐家，也就是快速消费品。类似于青少年性问题，解决了就翻篇儿，不解决也翻篇儿。但是成年人的问题就比较深刻，一辈子无家可归，一辈子想妈妈，需要精神分析，催眠，社会学。成年人都是外地人。

然后我们都是外地人，住在飞机里，经常失重，能拽住什么就拽住。肯尼基现在不常来访了，回家享受天伦之乐了，我们就拽着他的旋律，继续飞行。

苦啊

有一个女孩,原来在北京上过班的,现在从上海来。应该下午两点降落的飞机,晚点了一个多小时。她上了机场大巴,又上了出租车。祖国的首都,世界的中心,每一寸土地都在堵车,司机把她扔在建外SOHO。她走到了苹果社区,苹果社区好大啊,到处都是水泥。楼顶上的牌子指向天空深处。黑黢黢的天空,上帝在那里抽烟,吃苹果,眼皮都不抬一下。晚上七点,她发短信说:能来接我一下吗?实在找不到了……外面大风刮着,呼呼的,呜呜的,眼泪啊,就在手机里流。

北京的冬天的早晨,梦一样的大风,刮了一天又一夜,终于停了。我醒来,站在窗前看公共汽车,像一些会动的冰棍,咣当咣当,从冰箱一样的大街上,穿肠而过。

谁家的冰箱啊,落满了尘土,落叶,一碰就碎,只有穷人和老人在街上站着,笑呵呵地说着废话。

我的心,为它配上了音乐。歌声从脑后响起:苦涩的沙,吹痛脸庞的感觉,像父亲的责骂母亲的哭泣永远难忘记……这是个开头,后边比较不惨,是励志的。但我想不起来后边，只记得开头，要么就唱到另一首歌去，像拐弯的公共汽车，骄傲地横过去，挡住记忆的小汽车：星星点灯，照亮我的前程……扯着嗓子的残障人士，是人生道路上的人权战士。

到了我这样的年纪，心里就只剩下些老歌，一不小心，就跳出来变成配乐。人生就像一些不间断的 MV，被我们眼睁睁看见。

北京的风，吹跑了机场的屋顶，吹跑了公共汽车，吹跑了男朋友，要么就是女朋友。每一个冬天，都要经受这样的考验。一年又一年，金曲变成了老歌，孩子变成了老东西，心还在冰箱里，但也快长毛了。天将降大任于斯人，就给你一些苦涩的东西。北京啊北京，苦的。

倒是我还没有非常老，却已经不再听歌。记忆堆积，反刍，很难再接纳一个新世界。我就认定这新世界是假的，不必要的，乔装打扮的。北风啊你就吹吧，要么把我吹跑，要么把它消灭掉。我躲在窗后，北风愤怒地扑上来，打着旋，消灭着它自己。

歌声中的新世界，说是就在少年的幻想中，在海洋的尽头。许多来北京混的，也都这么认为。然后他们迎着七级大风，骑着自行车，从四环奔向三环，从四惠奔向国贸。这时候他们需要配乐的。以为自己是人权战士，不坏金刚，女主角什么的。人生这么苦,要励志啊。

歌声像踩着脚蹬子,像没有胸大肌的胸膛迎着风,像没有毛的嘴唇叼着烟。

而我已经戒烟好些年了。而我家楼下,原来放自行车的地方,现在停满了汽车。追梦人用他们的超级静音轮胎,碾着北京。而汽车里播放着低碳民谣。而夜幕低垂,堵车但是有空调,这时候想起远方的残障人士,难免热泪盈眶。

排练

CPU挂了，接口卡挂了，两块硬盘也烧了，主板送厂家修了。世界一下子清静了。

大清早的，干嘛要听这样的消息。

我刚挣了一点欧元，就要送给中国银行，换成人民币，送去中关村，让腾飞的民族经济再飞高一点。难道说国际金融体系就是这样崩溃的？怪不得欧洲人抱怨说没钱，钱往东方去了。一提钱他们就郁闷，就向往未来。而未来是不可知的。面对来自遥远东方的客人，他们只谈文化和吃喝，羡慕我们的盗版，骂政府。而政府是另一些人选出来的。

经济危机两年了，西班牙工资又降了12%，所得税涨到了24%，罢工也没用。要没人告诉我，实在看不出来。我只看见他们成天都在吃饭，晒太阳，看球赛，找各种机会庆祝生活。难道快乐是被生活逼出来的。

生活不容易。电脑总是要坏的。

在巴塞罗那当代美术馆，楼下有小号声传来，断断续续的。好像是排练。我探头探脑，不知道该往哪里去。保安让我离开,说展览在那边。我就往那边去,半路上舍不得,又停下来看。

巨大的黑色帷幕,便宜的,临时用的那种。半透明,正好隐隐约约看见个舞台。两个弗拉门戈舞者,一个笔记本乐手,一个小号,一个背对着我,抱着件奇怪的乐器,声音像二胡。电子乐,爵士,噼里啪啦的舞蹈。小号前仰后合地吹着,舞者唱出了声,确切地说是嚎啕,然后发狠似的跺脚,合着音乐的拍子,转身,弯腰,打响指,衣服绷在身上。

这么说弗拉门戈是舞蹈,但是也是音乐。两双鞋已经不是打击乐器了,里面有未知的部分,没有拍子也不是空白,同样撕心裂肺地奔放。撕心裂肺不是一个郁闷的词。把郁闷释放出来,嚎啕着歌唱生活。有一个西班牙导演叫做卡洛斯·桑拿,他拍过这样的电影,唱歌的,跳舞的,玩命地释放,文明的模样被撕开,在舞台上现了原形。

那个乐手转了个身,我看清楚他的乐器,叫做哈迪该迪,差点失传了的中世纪乐器,手摇式风琴。好像是中欧的东西。

隔着黑帘子看不清楚脸,都是男的。舞者又唱上了。不是不唱就不能跳,而是跳到什么关头,要唱一段,把身体发动得更烫。这种唱,饭馆的音箱里也有,朋友家厨房的收音机里也有,到处都是。真的像是哭,抻着,抖着,用力拐弯,豁出去了,土得掉渣。越听你就越恨德德玛,所有在电视里唱民族的,民族的罪人。

没有吉他。几样乐器融合在一起,哈迪该迪独奏的时候,也土得掉渣。电子乐感觉很宇宙。小号很黎明。舞鞋每一下都敲在肉上。

一道大幕隔开,像是看一件作品。里面的人说话不多,有的人停下来,其他人继续往下走,没有曲谱和导演。我觉得他们能排上三天三夜。看来所谓演出,不过是排练的一个副产品。

难不成大幕这边,孤零零的我是一件作品,而里面的是作者?

亲爱的小妹妹

那时候还没有萝莉这回事,我也不是怪蜀黍。我是意气风发,骑着自行车风一样穿街过巷在师大附中门口急刹车的愣头青少年。

要是没记错的话,《洛丽塔》就是那个时候出版的。封面上有个女的,暗示着什么事儿。可惜谁都没听说过这个作者。那时候我们敏锐的目光,常常被西村寿行吸引,要么就是大薮春彦,还有一个叫欧文华莱士。当然这些书基本上都不是用来读的,哪好意思啊。想想就可以了。

额,欧文华莱士,已经几十年没听到这个名字啦。这时候秋天像太空船一样,在我上空紧急刹车,紧急迫降。太阳当头,秋风紧紧地吹,秋虫惨淡地叫,蓝天蓝得若无其事。我已经一年没有骑自行车了。我缩着脖子抵挡凉风,脚步也越来越慢了。

噔噔噔,噔噔噔,噔噔噔噔噔噔噔,啊啊……

我哼的是一首老牌萝莉之歌。叫做"路灯下的小姑娘"。我脚步端庄,像一个正人君子,脑子里却想起了那个姓王的同学。他摇晃着大屁股,嗷嗷地叫着:亲爱的小妹妹,不要不要不要哭泣,你的家在哪里,我会带你带你回去。半首歌在宿舍楼外,向蓝天散射,半首歌在潮湿的楼道里回荡,消失在走廊尽头,变成了黑黢黢的无名物质的一部分。

既没有看过《洛丽塔》,也没有看过西村寿行的我,也拥有黑黢黢的无名物质。一条走廊穿越时间,那一头的我,对小姑娘没有邪念,也没有正念,哭就哭去呗,我只是骑着自行车嗖地经过。我书包里装着情诗,口里唱着情歌,我想象自己是郭靖和杨过。

这一路上,小姑娘小男孩多了去了,耳光罚站也多了去了,哇啦哇啦地哭,离家出走,迷路,拐卖,落水。谁在乎啊。好吧我要说不在乎,会被人鄙视的。天下所有受苦的人都不能得罪。可是天下总得有受苦的人,不然你怎么会有良心。还有路灯,路灯不就是给人哭泣用的吗。

要见过很多世面,一个人才能把石头瓦片都看成是春药。要不是经常上豆瓣,我还不知道啥叫萝莉呢。这下好,亲爱的小妹妹,你说我那姓王的同学,为什么要嗷嗷地叫?一条走廊,像波涛汹涌的大河,那头是个中学生,这头就是怪蜀黎。那时候山是山,水是水,没听说过精神分析。现在呢我才走了一百米,已经变了态,力比多,情结,冲动,什么什么的。

外国人发明了迪斯科,让我们扭屁股,又发明了弗洛伊德,让我们成天琢磨自己。秋风嗖嗖地吹着,他们发明了感冒疫苗,天下的小姑娘都要注射,从此刀枪不入,百毒不侵,再也不哭泣了。

我必须

没有什么是非做不可的,对吧。我也不知道,为什么要写这么一个题目。

我必须,而不是我一定要,也不是我非得,也不是我have to。可能我就是想念这种语气了吧。一种半书面语,好像形势使然,逻辑森森,身处历史的齿轮中……

其实我也没有什么非要做的事情。现在。昨天下雨了,早晨有风,树叶一片一片地落着,好像排队登记过似的。河水照旧清澈,上游的落叶跟着流过去,像是在游行。

我看了一阵子窗外,然后出去和人吃早饭。地铁去,走路回。一路上积水,落叶,阿拉伯人说着德语,自行车美人匆匆而过。秋天理应如此。

关于秋天,我有的可说。兰州的秋天,曾经是有雾的,上着课,就飘进教室来。再过几年就没有了,只剩下白杨树落叶,梧桐树落花,积水,波斯人的后裔说着兰州话。再过几年,是1993年,我经常坐着公共汽车,从城市这头到那头。一个磁带随身听,一副便宜耳机,一路上听"涅槃"和"碎瓜"。坐一趟车,正好听完两面磁带。听了很多遍。

前天晚上在阿特申豪瑟大街的酒吧里,又听到"涅槃"。和十七年前一样一样的。

此话怎讲?话说我那副耳机,基本上没有低音,听见的全是吉他,镲片,军鼓,唱,一片灿烂。没有低音的摇滚乐,刀子一样闪闪发亮,适合后工业城市兰州的深秋。前天的酒吧里,也一样没有低音,免得嗡嗡的回响打扰了客人。没有低音的摇滚乐,无毒无害,没有眼泪。主唱自杀了,血流了一地,通过切除低音,我们可以容忍他的继续存在。

声音是一样一样的,记忆却不一样。十七年前,那是我买的第一张CD,盗版的,再请人翻录到磁带上。经过这番折腾,摇滚乐已经经过提纯,结晶为精神。

昨天,又去了同一条阿特申豪瑟大街,和同一个朋友喝酒。他,前摇滚乐手,我,前摇滚乐评人。有一年冬天,我们坐在卡车上,也喝着酒,一路唱着国际歌。有一年夏天……记忆开始泛滥,我必须让它打住。我们聊起了小索,为他干一杯。话说十三年前,在旧鼓楼大街的一个地下室,我拜访了野孩子乐队,小索的床头就贴着"涅槃"的海报。想不到吧,民谣歌手有一颗摇滚的心。

想不到,但是理应如此。

记忆泛滥得厉害。一日摇滚,终生操蛋。

无言的歌

已经很久没有听歌了。

最近地球人都不大听歌。我去了南京,上海。我去了苏州。我甚至去了滴雨的伦敦,冰凉的伯尔尼,路过赫尔辛基,那里冰雪弥漫。一路上没怎么听到歌。出租车里都是相声、评书,外国电台也爱扯淡。背景音乐无处不在,只有曲,没有调,没有人唱。要么就是电子乐,咣兹咣兹,就算有个女声吧,虚无缥缈还加了效果器,是用电和电子搞出来的。

我正要去西班牙,那里美女如云,都不爱穿衣服,我流鼻血流死好了。可是火山爆发了,火山休息了,火山又爆发了,火山灰飘向西班牙。美人啊,还是穿上衣服吧。万一我和火山灰一起降落,你可以戴着口罩,用岩浆一样的目光注视我。

我盼望着去一个不一样的地方。瑞士已经禁止拿手机听音乐,要保护公共场合的安静。噪音被围剿,在各大城市濒临绝迹。我想像着西班牙会不一样,弹吉他的情圣,喝醉的美女,应该到处都是。必须到处都是,天一黑,就像我远在两千公里外的老家,人们哼着小曲走路。我查了查天气,打印了地铁路线图,带上内衣,小药盒,避孕套有备无患,iPod 里面再装点音乐。

我的 iPod 里面,也没有什么歌。古琴,京剧,爵士乐,电脑音乐,噪音即兴实验田野录音。京剧也算一种歌声吧,越远越真实。

歌声像性欲一样,正在各大城市濒临绝迹。只有在农民工的手机里,台球厅里,长途大巴里,大排档里,还赤裸裸地飘荡。这些地方,是新世界努力消灭的对象。欧洲火车里的阿拉伯少年,拿着手机,跟着歌声摇头晃脑,旁若无人,旁人也当他们是无人。他们正在消失。

我写邮件给小河: 你大爷的,昨天的邮件又没有加附件。他回信: 难道说还有无言的歌。

我脑海里就盘旋起这样的声音,一个男的,扯着嗓子,卡拉 OK 的混响开到极大:"是谁带来远古的呼唤,是谁留下千年的祈盼……"许多个男的,也有女的,啤酒喝到晕,肚皮快要撑破了,在各乡各县,各个被时光遗忘的小歌厅里,扯着嗓子唱。这歌声汇聚起来,穿越时空:"难道说还有无言的歌,还是那久久不能忘怀的眷恋……"

没有附件的邮件,没有歌声的音乐。抒情的年代过去了。

古人说，丝不如竹，竹不如肉。在这个争相低碳的年代，唱歌的人都改吃素了。唱歌的，不再掏心窝子，改掏钱包了。肉的声音正在消失。

肉是一首无言的歌。
你们去低碳吧，我流鼻血流死好了。

艳阳天

艳阳天,柏油路化了,汽车粘在街上。狗吐着舌头,趴在地上,垂头丧气。大雨要么倾盆,要么悬在云上不下来,等着你求它,要么就拿化学制剂喷它。

你不喷,雨就不下。一出门就被蒸汽一把揪住,摁住。蒸汽团结在你周围,寸步不让,黑洞一样绝望。就等你一句话: 哎呦热死我算了。

这叫什么艳阳天啊。我 google 了一下:九九那个艳阳,天哪哎嗨哟,十八岁的哥哥,呀告诉小英莲。人家说的是三九过去了,九九也过去了,春暖花开了,该谈恋爱了。确切地说九九是阳历的每年 3 月 13 日。我就出生在这几天。今年的这个时候,我每天裹着毛毯,手脚冻得冰凉,挣扎在感冒边缘。南方人吹牛不打草稿,让他们来北京谈个恋爱试试,空调才是亲爱的。

我就哼着这么两句老歌,在大太阳下面找感觉。出生在春天的牛,一辈子劳碌。大太阳也得扛着。我就边走边唱,当自己是外人,看他能热成什么样,难不成还昏过去?

如果我也十八岁,被小英莲爱着、等待着,光着膀子在城里卖西瓜,汗水渗出来,蒸发掉,手里捏着亮闪闪的刀。要么就像歌里唱的,我去革命,三年二载不回转,枪如林弹如雨,要到胜利才相见。这样就不怕热了。支持革命的乡亲们站在路边,一起摇晃着唱歌,歌声像凉风,吹着小战士青春的脸。要么就卡拉OK,啤酒烤串,混响开得大大的,我还是光膀子,扯起嗓子就唱,电瓶车风驰电掣,把城乡差别消灭干净。

后来革命胜利了,我过上了没有爱情但是幸福的生活,红旗招展,十八岁的时候,我忙着高考,艳阳高照,汗水滴在余弦函数上,敲出了叮咚的幻听。那时候我妈说了,坚持到高考结束,想怎么玩就怎么玩。我就把课本烧了,纸灰飞舞在杨树丛中,然后去大学报名,谈恋爱,喝酒,唱卡拉OK。那个夏天,革命就是从一所学校到另一所学校,没有空调,光着膀子踢足球,想踢到几点就踢到几点。

我还记得,唱了这首歌的电影,叫做《柳堡的故事》。google说,这个地方在江苏。你说江苏的夏天该怎么过?柳树上爬着毛毛虫,知了像电锯,到处都水汽蒸腾,出租车司机省钱不开空调,全世界都是汗味,每个人都在融化。这时候也没人谈恋爱。要谈就谈革命。革命本身就是一种热。一个冷酷的世界,一个没了空调就活不下去的世界,一个要用化学对付老天爷的世界,爱情是多余的,它只能渴望革命。

冬天的时候我怕冷,夏天我怕热,我的身体像一个外人,要好生伺候着。

不知道是他在唱歌,还是我在唱歌,这么老的一首,居然凭空给想起来了。那个电影里的世界,春暖花开,黑白,人们相信明天,所以曲调婉转而高扬,嗓子一提就上去了,还带着笑。我就连唱带哼的一整天,太阳又下山了,革命又胜利了。

揍他

游泳池上方是吸顶音箱,假装很隐蔽的那种,圆的,白的,看起来像回事,其实成本才十几块钱。

十几块钱也行,出来的声音也像回事。前一阵子是一个女的,唱什么忘了,只记得加了后期效果,呜哇呜哇,冒充外星人。哼哼,我想,外星人来了第一个抓你回去做实验。咔嚓一刀下去:咦?嗓子里没有电路板啊?

不管唱什么,总是舞曲。二胡也舞曲,小提琴也舞曲,所有的健身中心都是舞曲。研究舞曲的人说,舞曲是这个时代的宗教仪式,那么健身也算一种宗教了。健康教,或者身体教,教主可以是任何练得像外星人的人……"脖子扭扭屁股扭扭",小提琴没放满一星期,又换上了跳舞版的范晓萱……不知道隔壁练太极拳的会怎么想。

还好,这个星期换上了我喜欢的。迈克尔·杰克逊,一个显然是故意死掉的人。我写过一篇文章纪念他。我说,如果他从天上掉下来,掉在上海,会被拉去展览,掉在北京,会被居委会审问,掉在广州的话,就一定会被吃掉。这是所有外星人的命运。地球人很厉害的,外星人你们还是回去吧,你妈妈喊你回家吃饭……

话说游泳池里有一些人，看起来也像是外星人。这都怪豆瓣。一些人成天说这个，说外星人就在你身边，搞得我都信了。你说，那个女的，一口气潜泳到了那头。还有一个老头，从我进来就已经在游，一直游，不停地游，一分钟都没有停下来过。他不回家吃饭吗？他吃什么才能这样游泳？难道不可疑吗？

十来个吸顶音箱一起唱着，"Just beat it，beat it，beat it"。一遍又一遍，好像这星期只有一首歌。除非换歌的时候我都在水下。除非我在水下的时候，水上的时间一下子就过去了。轰隆隆，咕嘟咕嘟，水和气泡从耳边经过，蹬腿，划手，一抬头，哟，又是这首啊。水下一秒钟，水上十首歌，这个教派太厉害了。

话说我英语不好。这首歌听了二十多年，一直翻译成"揍他"来着。

我在游泳池边喘气，没好意思摇头晃脑，就在心里摇头晃脑。beat it，beat it，beat it，beat it。音译过来是带脏字的。就不译了。总之很煽动。揍他，揍他，揍他，打丫恩的。

然后我回家吃饭了。顺便查了一下字典。怎么，不是这个意思啊。说是好汉不吃眼前亏，算了，算了，算了，算了。

怪不得他是外星人呢。这种想法在地球上不大流行呢。奥运会解说员，世界杯广告代言人，机场书店里卖DVD的扯淡大王，教主，说的都是： 跟你丫死磕。

耳虫 2011

啊朋友再见

雨后,灰色、白色、黑色的云快速经过头顶,急急忙忙的,像是拍电影搞出来的烟幕。从阳台望出去,正好还衬托着下边的绿树。确切地说,大小远近的枫树,的绿头顶。摇来晃去的,很不检点。

我习惯性纠结了一个小时,洗了个澡,吃掉一块面包,喝了一杯不知道什么饮料,白白的像椰汁,味道不错,于是就释然了。

还是云比较好看,一层一层的,缝隙里是蓝天。暧昧的晕染,虚实相生,俨然是一种国粹。

在海外待过的,通常都要谈及国粹,也不管自己每天吃的是外国饭,把面包的恩情算到了烧饼头上。倘若常吃三明治,那就算给驴肉火烧好了。

啊我在说些什么呀。

那云层里传来的,却分明是亲人的歌声。像是召唤,又像是告别。啊朋友再见,啊朋友再见,再见吧再见吧再见吧。我刚才刷牙的时候,哼的就是这个。牙膏变成了泡沫,在池里旋转,来不及告别,像是笨学生的水彩画。

如果我在，战场上牺牲，啦啦啦啦啦啦啦啦……好像是要埋到一个山冈上去，但我总是记不清歌词。那一年，在三里屯南街，一百来人在屋里，一百来人在屋外，喝十块钱的啤酒，互相都认识，或者即将认识。河酒吧的夜晚，总是像婚礼一样热闹。郭龙和柯里，还有阿娜伊斯，还有帕蜜拉，坐在门口的地上，敲着手鼓唱：再见吧再见吧再见吧……一会儿就聚成了一帮人，拍着手，笑眯眯地唱。那就是召唤。

告别的时候没有人唱歌。

事实上没有人告别，都是悄悄地作鸟兽散，一转眼就十年什么的。再唱起来的时候，搞不好就是纪念会，舞台上眼泪汪汪地，感谢故乡亲人，感谢老朋友老战友，只有你们，只有昨天是好的，昨天情深似海，今天全是亏待。

但是我是不是搞错了什么？

那分明是一首外国歌。外国的亲人算是亲人吗？外国也有驴肉火烧吗？

那反正也不重要。我听见朋友们在呼唤，像是云中仙子，太上老君，过路的唐僧，在鹿特丹上空唱起了游击队员之歌。

云啊云啊你要到哪里去？请你把歌声捎到世界各地，告诉我的朋友们，祖国的旅游业方兴未艾，游击队员失业了。请你用蹩脚的英语，蹩脚的意大利语，蹩脚的法语德语和荷兰语，告诉他们我听到了。游击队员们化妆成了游客，天南海北，娶妻生子，时常谈论起故乡的拉面。请你就用国粹一般的眼神，盯着他们看，看到他们情不自禁，要抬头仰望。

面包和意大利面的恩情，意大利姑娘的恩情，我们都算作是亲人的吧。亲人没有国界，昨天的婚礼也没有结束。歌声在云端，虚实相生，一会儿飘到了北京，一会儿飘到了世界各地，它在天上游击，追随着地上唱歌的人。

笨

我说我昨天碰见了笨。

哈哈哈，人们就笑了，原来是 Ben 啊，他也来了啊。DJ Ben，江湖上赫赫有名的。十五年前，北京人还没有听过锐舞这个词的时候，他已经在打碟了。

当然他是一个上海人，他也不是搞锐舞的。十五年来，中国有过一些户外跳舞活动，一开始都是些坏人办给坏人玩的，尽量跳出三界外，不在五行中。后来也就要政府撑腰了，自律了。还有夜店，现在里面全是好人，一个朋克都没有。王磊有首歌，说：白天当羊，晚上当狼。就是对工体西路夜生活的预言。至于锐舞这件事，好像终归是一个传说，英文好的人就一手传说，其他人二手传说。

但舞总是要跳的。八七狂热你知道吗……

还有些大叔大婶，曾经因为跳舞，被判了刑……

在见到笨之前，要么就是之后，我路过水果摊，忍不住停下来看两眼，也犒劳一下鼻子。不知道从哪里，就传来这样的歌声：周末午夜别徘徊，快到苹果乐园来，欢迎流浪的小孩……三个大叔阴魂不散，从苹果，库尔勒香梨，裂开了口爬着蚂蚁的榴莲,肥嘟嘟的葡萄,背后,爬了出来。不得了,僵尸啊!快发射豌豆,扔西瓜!红辣椒炸丫的……

卖苹果也不是这样卖的啊。

这是我上中学的时候听的歌啊。小虎队知道吗?好土啊。我们爱死他们了。那叫一个灿烂,听了他们的歌,叮咣乱响的破自行车,也要像哈雷一样抖擞,黄土高原的沙尘暴,也带着点舞台干冰的味道。他们是:乖乖虎!小帅虎!霹雳虎!要不是后来有了霹雳舞,崔健赵传,同学们在十里店公交车站捂着胸口唱歌的丑剧,还真不知道要怎样收场。

现在他们终于把自己用旧了,在水果摊上怀旧,吓到了同样旧了的我。

我想笨一定没有迷过小虎队。那时候他已经高中毕业了吧?你看他,阳光下一袭白衣,左臂的文身在袖口探头探脑,发福了,一脸好人相。仿佛从上海滩一抬脚,就踏进了草场地尘土飞扬的画廊。他不像是伸长了胳膊,再伸长了食指,点着脚踩着拍子,跳一种正在变成僵尸的舞蹈的人。他是 DJ 先驱,京沪两地通吃,两手操纵着千万肾上腺的邪教领袖。

可是领袖就没有土过吗?上海人还满大街穿睡衣呢。不穿睡衣算上海人吗?

我就忘了问问笨，他有没有跳过抽筋舞，柔姿霹雳，三十六步集体舞？看来摆水果摊的大叔是跳过的，他很低调的样子，埋头捏着桃子，眼神却随着小虎队荡漾。那玩意原本是没法用来跳舞的，可是身体在动，谁也管不住。有一天，我从桃子里吃出了一只虫子，它前边弓一下，后边弓一下，没头没脑地跳起了逃命之舞。身体这东西，总归是不归我们管的，它要跳舞就跳舞，它要荡漾就荡漾。我们，只是装在里面的水啊，果汁啊，一会儿晃出来一滴，旧了，一会儿晃出来一滴，也旧了。

《青苹果乐园》，据说，原本也是为地下舞厅写的歌。台北的大叔大婶，也曾经偷偷摸摸地，冒着犯法的危险？这些乖乖虎，莫非就是当局派来的奸细，引蛇出洞，秋后算账，天罗地网？这些已经是古时候的事情，就是问了笨，他也未必记得了……

崩溃

溽热的夏天,女孩子穿着叫做热裤的玩意,生怕还不够热似的。那些腿、肚皮、半截半截涌出来的胸部,在阳光下闪耀,忽悠忽悠地,沉甸甸地压在男人的心头。这一切已经在眼帘中打上了字幕: 只许看不许摸。

这一切也不过是视网膜上的光。为了这些图像而浸在汗水中喘息的心,像麻辣烫一样无计可施。你说,难道还有比这更加崩溃的事情么?

春去秋来,弹指间这些酥胸松弛了,干瘪了,发出死亡的气息。热裤变成了睡衣。视网膜脱落了。麻辣烫加盟了麦当劳。鼻血喷涌的青年变成老汉,翻阅着记忆的 A 片,就像翻阅着来世的广告。你说,还有比这个更崩溃的么?

海枯石烂,斗转星移,而我爸妈家楼下的垃圾车,仍然向全世界播放着《铃儿响叮当》,像一架圣诞雪橇,召唤着一桶又一桶人类的残渣。回家探亲的我,一次次奔向窗口,寻找着永不老去的圣诞老人: 整条街道都像是凝固了,通灵了,等待着被他收集。我并不知道,自己为什么要去窗口看一眼,一次一次地看一眼。那并不是在召唤我啊。我想,再也没有比这更崩溃的了吧?

环卫局的魔法：让世界停下来。

世界假装还在运行。争吵的争吵，发呆的发呆，118路公共汽车碾过快要晒化了的路面。叮叮当，叮叮当，铃儿响叮当。顷刻间大幕滑落了，像缓慢崩溃的冰激凌雪山，等待着它的是我们的消化系统。

世界假装是麻木的，在齿轮中运行，每天和这段旋律一起循环。周而复始，大惊小怪，酥胸和麻辣烫，十年二十年，一万年什么的。可是音乐是咒语，每次响起，都有秘密在显现：我的视网膜上没有，不代表它不存在。

这条街道的秘密：这旋律从天而降，有一天也会不告而别，而齿轮还是呆滞地运行着，没有人崩溃，没有人忍受。只有脂肪肝，心律不齐，退行性颈椎病变，世界停下来的时候，人们浑然不觉，把垃圾桶运到街边，塞进轨道，轰隆隆，它被垃圾车举起来了，哗啦，它被倒空了。然后圣诞老人叼着烟，跳上驾驶室，叮叮当，叮叮当，开往下一个世纪。真相还来不及被看清，就又拉上了帷幕。

然而我还是崩溃了一下，在垃圾车沉睡的午夜：另一辆车醒来了：倒车，请注意，倒车，请注意。四四拍的，第一拍是重音，像当头一棒，后面的三拍只是兜头的黑布袋，摸走钱包的小手，以及匪徒们四散的脚步。

抢劫一再地发生。以至于也变成了咒语。

它唤醒了我的记忆。它开始于圣诞老人加盟环卫局之前的时代。那时候卡拉OK正在兴起,因为各种原因而感到寂寞的男女,去路口的塑料桌边坐下来,喝点啤酒,玩命地吼,回家的路上还要接着吼。倒车算什么。那不过是夜的交响中的一段小插曲。那时候我也不崩溃,而是侧耳倾听,猜测这段录音的真相:到底是倒车请注意,还是请注意倒车?这是世界第二大未解之谜。

那时候还没有高铁,诺查丹玛斯大预言尚未破灭,中国尚未实现四个现代化,鞭炮是被禁止的,搞摇滚意味着和家庭决裂,没有微博也没有盗版光盘,农民还在种地……我脑海中闪过了半个改革开放史,信息量之大,足以使任何人崩溃。

你看,在这个迅速变化的社会里,还是有些东西恒久不变,默默地驻守着,陪伴着。你以为自己牛逼了,屹立于世界之巅了,它就从楼下黑黢黢的角落里念起咒语,掠夺那些不属于你的光环。

故乡啊故乡。

我相信这一切都是有道理的。

每一个白天:垃圾车。每一个夜晚:倒车。

我将变得更加强壮。我的世界是时常停下来,被凝视的,在静夜中它崩溃,重启,用垃圾和棒喝将我喂养。

耳蜡

想念它的时候我就听点什么。戴上耳机,大音量,电子的,乐器的,真实世界的。声音像野马,像尘埃,在耳朵里奔腾。

耳朵,别看它长得千姿百态,里面就一个洞。曲里拐弯的,据说很科学,又防水又防虫,保证放大声音,不会节外生枝。声音就在这个洞里奔腾,玩了命地撞啊,撞得耳膜忽闪忽闪的,先是痒,时间长了就疼,搞不好摘了耳机里面还在响,像一群走失了的游击队员,心不甘情不愿地边走边开枪。

想念是一种能量,类似于毒品。用力想,它就越发显形,跟真的似的。身体也变敏感了,记忆也被激活了,搞不好就弄假成真了:一睁眼它就站在眼前了。

可一眨眼它又消失了。我拿出棉花棒,去按摩耳朵里面这个洞,跟它说咱不想了啊,咱们消停一会儿,享受享受这春风吹拂好不好?小风吹着耳垂、耳廓,吹进了耳道,在耳膜上回响,多美啊……

没有用啊,耳朵想念着那喀哧的一声,像一个新娘想念她走失了的男人。

我就想，为什么这东西叫做耳屎。多难听啊。后来发现还有别的说法：耵聍、耳垢、耳蚕，英文叫耳蜡。在布鲁克林的白得福德，我向街对面望去：耳蜡唱片店。在芝加哥的缪瓦奇大街，我又向街对面望去：耳蜡咖啡店。多好的名字啊，你就不能起一个名字叫耳屎茶馆，或者耵聍书屋。会倒闭的。

我捏着掏耳勺，在耳朵里轻轻地探索，像风景区的游击队员，头发里别着花，哼着歌前进：喀哧！一声巨响！一个干硬的，薄脆的，什么玩意，被掀起，折断，引发了耳膜的巨大振荡然后不知去向。像一颗恶作剧的地雷，来自无何有之乡，跳起在半空中，爆炸，振动了河面，树叶，窗玻璃，缓过神来却发现没有人受伤。

一种虚张声势的暴力：像拆除旧建筑，群众喜气洋洋，嗑着瓜子，在附近围观。轰隆一声，定向爆破。人们心里的痒就被释放出来，随着烟尘飘散。

问题是，它是喀哧，不是轰隆隆。痒被叫醒了，系好鞋带，挤在跑道上，发令枪喀哧一声坏掉了。

要不我弄个薯片放进去，再掏一次？

不行不行。我的痒，在里面抓耳挠腮，茫然地，在跑道上、山林里，来回踱步，仰天叹息。此情无计可消除。一个半夜醒来的新娘，在想念着她空荡荡的半边床上曾经躺过的那个男人。

我假设：耳蜡咖啡馆就是这个新娘开的，为了纪念她刚刚焕发就不知所终的爱情。耳蜡唱片店呢，是为了治疗这种想念，而挑选的音乐：声音的蹄子和爪子，在耳道里踩、跺、抓挠。一个声音离开了它的耳朵，回到了永续的背景噪音之中，千万个声音又涌进来，对耳朵说：忘了他吧，与其相濡以沫，不如相忘于江湖。

耳朵说：不，我已经怀了他的骨肉。我要生下来，另一片，另一坨，另一次折断，和他一模一样的，另一声喀哧。

公鸡

清早听到公鸡叫,嗷嗷!

你见过活着的公鸡吗?母鸡也行。肯德基不算。昨天,我在大栅栏看见一个疑似电视剧布景的建筑,招牌上写着"北京轰炸鸡",这个也不算。

还有些台湾会馆啊,高级卫浴啊什么的,整条街都像是影视基地。崭新的青砖墙,石板地,像是纸糊的,灯火摇曳,鬼影憧憧,确切地说像是走在 Photoshop 里面。在这里吃鸡,大概是吃不饱的。

清早听到公鸡叫……不是每个人都知道这首歌。正如不是每个人都见过公鸡。流行歌也曾经唱过公鸡的。 1986 年的《人民日报》,也曾经整版报道流行歌的……这几天我和公鸡有缘分,连续两天在网上看到它,包括一个抱着公鸡的老头,艺术家,要么就是实验乐手,究竟是谁,实在是想不起来了。但是抱着公鸡的感觉我还记得:温热,颤抖,隔一会儿就剧烈地扑腾几下,咯咯咯大叫。

下手要轻,直接握住两个翅膀根,一提就起来了,先让它扑腾一会儿,很快就认命了。母鸡认命更快。公鸡有荣誉感。

那是一首关于清晨的歌,锻炼身体啊,新鲜空气啊什么的。北京的胡同,曾经有现在的十倍以上,养个鸡什么的很正常,还有养鸽子的,鸽哨多么悠扬,一抬头就是音乐。确切的说,那是一首关于时代的歌。住在胡同里,而仰望蓝天。大致就是这么个时代。

听人说,轻微感冒不用买药,去麦当劳吃两个鸡翅就行。里面有抗生素。

麦当劳大叔你不要起诉我。要不,我就改说肯德基。反正你们是一家子。

还是早起最好,什么药都不用吃。空气当然被污染过了,但肺是新鲜的。条件允许的话,可以去天坛公园,那里有上千人晨练,快赶上义和团了。金鸡独立!白鹤亮翅!还有很多老人家,隔着几十米对喊:嗷!嗷!嗷!嗷!像一种声波武器,击溃了病魔的小黑手。

住在高楼里,而低头思故乡。这是一个有意思的时代。人们端着鸡尾酒,谈论有机农业……时代这东西,很难用文字来描述的。用歌声稍容易一点:清早听到公鸡叫,嗷嗷!推开窗户迎接晨曦到。这样的演唱,在今天会被耻笑的……所以那是一个无耻的时代,人们相信未来。

原唱费玉清。他唱得，好像是一溜烟跑上来，原地跑步，做着扩胸运动，跳跃运动，手掌抻得笔直。青春的笑脸。用不着扭屁股。

但费老师并不是没有屁股。也不是没有扭。我第一次看见他，是在电视综艺节目里，跟一个爆炸头，一个大胡子，几个小妞，尽情地讲着黄段子。这大概是一种告诫：请不必怀念我。

那么是讲黄段子更有机呢，还是青春的笑脸更有机呢？在那个吃鸡要亲自下手的时代，青春的笑脸，手上沾着鲜血，人们展望着未来。那时候的未来，就是现在的现在：终于吃上了麦当劳，并怀念着过去。

怪逼指南：如何演唱《忐忑》

这是一篇即将被删节的短文：我在标题里写到了一个小小的敏感词。

活成敏感词：一些人的理想。但我的理想不是这个，我只是想做一个平凡的怪叔叔：在一个没有英雄的年代……哪怕就怪一天，哪怕就怪五分钟，释放我心田里，那座寂寞的核反应堆。

昨天我发明了一个词，叫做怪逼民谣，用来区别于苦逼民谣。主要代表人物是小河，在舞台上，他神头鬼脑，纵横捭阖；一会儿是牙刷，一会儿是相声，吉他上连着电脑，号称一个人的交响乐。他是个疯子，又称中国土先锋。

话说有这么一天，我在比利时某城早早醒来，去餐厅享用免费的早餐，一边等小河从机场赶到。桌子很大，慢慢地就坐满了中国人，而且是餐厅里全部的中国人，就好像不坐过来会被陷害似的。那几位是诗人、古琴演奏家、舞蹈家，以及正对面这位小个子贵州人。贵州人挨个儿问：你喜欢我的音乐吗？诗人就说喜欢啊，年轻人嘛应该好好闯一闯。古琴家就东张西望，假装没听见。问到我，我就变成了怪叔叔,我说不喜欢。终于说出来了,我顿时心花怒放,就像撒了一辈子谎的人,终于可以做自己了。

你看,我们最擅长的就是相互伤害。

好吧,这样的提问不算是伤害。但对中国人来说就不礼貌呢。她先伤害了我,我后伤害了她,我们彼此收获,从此远隔重洋。几天后她回了德国,我回了中国,剩下比利时观众怀念着她的民族风情,或许还有我的噪音。

中国人浑身都是伤。

好吧还是说回《忐忑》。很多人想学这首歌。但是学不像。

你不可能学到一个伤员的呻吟。就像你无法复制噪音。气运丹田也没有用。

丹田早已沉没。在汽车尾气中,丹田奄奄一息。而驾车的好人,听着苦逼民谣,从苦逼城市,祖国母亲的身体上碾过。

《忐忑》是一首无词的歌。它灿烂辉煌,它是官方版的犀利哥。

在我生活的苦逼城市里,去年有一百万人买了新车,为的是将它堵死,让它溢出,让它从过快的发展中停顿下来,倾听来自丹田的歌声: 哦啊哟哟哟,哪呐乌哒呀。那歌声亢奋,像来自中国的消费者闯入了巴黎老佛爷百货,纽约第五大道,面对着一万瓶香奈儿,一万件路易威登。慌张,委屈,骄傲的泪水,压抑太久的激情像核反应堆一样释放出来。

伤疤已经长好了,变成了文身。

要练神功,要先练基本功:贵州人是唱学院派官方版民歌出身的。字正腔圆。

然后她山寨了她自己。她是一个冒牌的民歌表演艺术家,大梦初醒,看见自己的文身,想起了前世的因缘,她回到了犀利哥的身边。

人们管这个叫即兴唱法。中国人谁不即兴啊。谁没有激情啊。每个人都想成为没有激情的成功者,每个人都克制着即兴的冲动,想要变成社会的金砖。这导致更大的激情。

小河是当兵出身的,还放过羊,他再即兴也不是交响,他需要一件辉煌的外衣,就像我们拧巴的祖国,威风凛凛的放羊娃,和他漫山遍野乱跑的羊。小河啊,交响乐伴奏有没有?路易威登有没有?阿玛尼剪个口子有没有?

《忐忑》只有一首,而即兴永无休止。过马路的时候,让红绿灯闪烁吧飘摇吧,让一百万辆新车交响吧,谁也别想指挥我们,的欲望,的自由,的一百多年以来截止到此百花齐放经济腾飞之际的沧桑。

    要唱好这首歌，就不能模仿。在即兴者面前，失去的只是锁链。闭上你的眼睛，释放你内心的敏感词，那美丽的斗鸡眼，那被解放的怪逼的光芒，对自己说：我要活下去！我要买车！我要屹立于世界强国之巅！颤抖吧亲爱的，舞台属于你。

老鼠

今日小雪。

早上,一个属鼠的人挖苦我: 你当记者那会儿,岂不是为了一顿火锅,就给人家写软文,还是短篇小说?

啊我说是的,我们领导让写的。一个刚入行的小东西,白天热爱新闻事业,晚上热爱摇滚乐,不分白天黑夜都热爱火锅……要不是火锅,两边的爱要怎样平衡啊……好吧我往回说: 一个刚入行的小催拨儿,为了口饭吃,就把文学卖给了餐饮业,这种事还少吗?堕落的世界啊我又不是率先堕落的……

其实我不是这个意思。把火锅广告写成小说,是很大的挑战,在那个时代,这属于创新呢。

以前的污点还很多,就不一一详列了。

鼠人在杂志社工作,是软文专家。世道艰难,收了钱就得办事。而读者,尽管眼睛雪亮,但也默认着,有时候还假装津津有味,读个一页半页的。就像是默认着地沟油炸的臭豆腐,被臭豆腐污染的家园,以及把孩子送到外国以便逃离家园的他们本人。或者说,眼睛必须是雪亮的,别人都发了软文,送了红包,你不能太清高吧?假装是外地人么?

如此说来,这是一个腐败的因果循环,当年我写了短篇小说,现在就要吃地沟油,应该的。

今日小雪,应该庆祝一下。但综上所述,我有点恨自己了,已经不想吃火锅了。

"我爱你,爱着你,就像老鼠爱大米!"这是鼠人时常唱起的歌谣。有时候歌词也会改改,比如小米,玉米,绿豆,煎饼果子,提拉米苏,苹果冰酒,周黑鸭……不一而足。

离我最近的周黑鸭,开在北边的小区里。一条宽阔的商业街,两边停满了车,车里坐满了东北女孩。车外,房地产中介的西装男埋着头,捏着电话,来回乱走。一到晚上,人行道地砖上滴满了油,撒满孜然和辣椒面,还有踩碎的脆骨和花生,加火烤一烤,每一块砖都香喷喷的。如果是夏天,还有一地的塑料凳子,啤酒瓶,全小区的胖子都坐在饭馆门口吹牛,半裸,脖子上都戴着金链子。

我和鼠人常去那里吃饭,然后散步回到南边的小区。

南边的小区禁止底商使用明火。闻不到生活之味。也少有垃圾。老鼠都跑到北边去了。

上一次听到这首歌,就是在北边的小区,超市里。

确切地说，是一个超市的男员工，一边和女员工说话，一边发着抖。是半边身子，跟着音乐在抖，轻微地。音乐来自手机。手机随便扔在柜台上。他们说话很少，半天才一句。但音乐很快，舞曲版的，喀兹喀兹的，没有低音，像是来自天上。唱的也很快，好像老鼠，要全速跑到下一个小区去，在到达前唱完了这首歌，边跑还边和观众握手。

生活不容易，老鼠要跑快一点，不要被宝马撞到。

男员工和女员工都来自外地，口音很重。在说什么，我已经忘了。总之他们使音乐成为了自己的配乐，超市成为了布景，我和鼠人呢就是群众演员。没有导演。也没有演员。这是一部风景片，慢悠悠的长镜头，扫过大米、方便面、榴莲、杜蕾斯、南孚，然后扫过女员工的脸：平静的，单眼皮的。然后扫出门去，北风吹着空的酸奶盒子，像风滚草滚过沙漠。

牧羊女之鞭

我走在深夜的第八大道,两旁是各种巨型建筑,它们在灯光下,阴影中,蹲着站着,还没有扑上来,就已经把我压缩成了小不点。它们是方的,硬的,大的,冷漠的。小不点是移动的,肉乎乎的,左顾右盼的。

小不点在找路。

在著名的灰狗大巴车站,耳边响起了牧羊女的歌声: 日出嵩山高……

且慢,我去 google 一下……歌词应该是: 日出嵩山坳,晨钟惊飞鸟,林间小溪水潺潺,坡上青青草,野果香,山花俏,狗儿跳,羊儿跑,举起鞭儿轻轻摇,小曲满山飘,满山飘……

《少林寺》有点太老了,没有看过也没关系。其实看过也没用,这感觉是无法分享的。这是我的秘密的时刻: 牧羊女生气了,皮鞭挥向李连杰,撕破了空气,抽打在配音演员的道具上。少年的我就像李连杰一样惊慌和兴奋,李连杰就像兔子一样连跑带跳地躲闪。

黑乎乎的大巴站,出租车在等客,只有黑人,没有黑车,带枪的警卫正在犯困。牧羊女出现得多么突兀,但却及时，她改变了风景。空荡荡的大街上，无论有多少出租车，多少黑人，多少白人和亚洲人，多少灯，它都是空荡荡的，那些车和人，都像是为了映衬巨型建筑之巨型而被召唤出来的小不点。牧羊女被我召唤出来，小溪和李连杰被牧羊女召唤出来。皮鞭不足以对抗花岗石建筑，但却撕破了空气，召唤出活蹦乱跳的心。

你问问纽约人，狗儿羊儿是什么东西？他们就指着公园的告示牌：上面画着一只狗，后边跟着一个人。

要记得帮狗狗清理便便。这个告示的意思是这样的。

和没有见过家畜的大城市人相比，我想我还是不愧为一个来自农业大省的小不点。要么就是畜牧业加农业的省。我从小就见惯了那些脏兮兮的羊，在土坡上啃着蹩脚的青草。都啃光了还啃！

歌声纯洁得我都不好意思了。

后来牧羊女被捆起来，吊起来，被坏人撕破了衣服，露出大腿，李连杰从天而降，打败了色狼。坏人总是在帮好人的忙。坏人也总是在帮青少年的忙。我，小不点，多么纯洁，我在那一天记住了呲啦一声，配音演员撕破了一片布。

要保护羊儿不被豺狼猎取：血盆大口啊，像第八大道的汽车总站，第五大道的购物中心，第一大道的写字楼，吞噬着我们的精气神。

……这样我们才有羊肉吃。

我为自己感到不好意思，尽管当时我并不知道啥叫不好意思，为什么要不好意思。那歌声里没有一丝肉味。精神恋爱和武术结合起来，身体被提纯了，成为能量的通道和载体。一圈光环保护着我，穿过陌生的城市，下到地下一层，坐在陌生人中间，等待一辆开往不知道什么方向的车。这个过程，像经典的电脑游戏情节，伴随着缥缈的仙乐：而你坐在屏幕前。

　　而你无法分享屏幕上，那个走走停停的小不点的心思：小不点也有秘密。

披头

雨后的夜里,我在公共汽车站场外面站着,像一个垂头丧气的丈夫,离家出走几十年的少年。我活动活动腰腿,赶一赶蚊子,录音机放在三米之外,收集着蟋蟀、发动机、流浪猫和夜猫子的声音。

附近的工地,塔吊高耸在二十多层的楼顶,得意洋洋地转着,拖着长长的调。晚归的公共汽车减速,刹车就像在放屁。总有一两个火车头,在附近的铁道上窜来窜去,它们高喊着,庆祝自己摆脱了躯干的累赘。附近的高楼,就像打乒乓球一样,把这些喊声打来打去。确切地说不是乒乓球,是元宵:喊声在楼体间回荡,掉着渣,变得松软,模糊,最后被一口黑压压的大锅给煮了去……

我在想:要怎样写,才能从这里,扯到披头士上面去。

啊那并不是一件太难的事情。

披头士也是要打乒乓球的。披头士也是要吃元宵的。在时间的长河两岸,柴米油盐,外卖,收破烂的,还有分赃不均什么的,都随着浪潮涌上沙滩,被太阳晒得脱了皮,裂了口,褪了色。顺流而下的,只有快船一驾,四个傻小子敲锣打鼓，努力地唱着歌，为后人增加着国民生产总值。而他们并不总是在唱歌的，他们也是有黑夜的。人民英雄列侬死掉以后，验尸官戴着口罩东看西看，然后拉走烧掉，一切光荣都给了别人。

然而我听着白光唱的歌，还是没有扯到披头士。我甚至在短短的时间的水滴中，遗失了线索：写什么不好呢，为什么是披头士？

假如没有你，日子怎么过？白光甩开了她没有被良好调教的嗓子，在爵士乐里唱着戏班子。如果昨天晚上，在雨后的柳树下，我听见的不是中央人民广播电台，而是白光……看门的老男人，捏着收音机，一会儿站起来，一会儿跑出去，就是不肯让播音员把话说全。在车场中间的水泥地上，收音机里的男声，像乒乓球一样弹跳着，一旦落进水洼，就再也弹不出来。一个代表国家的男声，有时候也播报肾病广告，他让这个夜晚没脾气了。

日子总是要过，夜班总得有人上，就算是白光，加上整个的夜上海，黄金荣的黄金，也不能抵挡一只公共汽车站场的蚊子。

当年披头士在柏林干夜场的时候，每天几小时地唱啊跳啊，比同一个场子里的小姐还辛苦，吃的也是青春饭。

我后来知道了，那应该叫甲壳虫乐队。披头士太土了。

香港阿叔的翻译啊真是像叉烧饭一样土。一起跳霹雳舞的哥们，搞来了他们的磁带，说这就是披头士！我小心支起了耳朵，预备好了要被震惊……我的确被震惊了：这算什么东西？传说中的摇滚乐吗？它搞定了一个时代？太文静了，像我们班的学习委员……

青春就算是储存在CD里，也是要溜走的。我要听过瘾的，至少比霹雳舞猛一点吧，这软绵绵的是什么玩意。披头士叔叔治不了我的多动症。杰克逊也不行，麦当娜阿姨也不行。我准备好了，时刻准备着，要被更大更热烈的东西震惊，我的青春不是请客吃饭，是喝醉了呕吐，在飞沙走石的操场上咒骂班主任和校长。我准备着不再过日子，献身给黑夜，披头散发……

对的，是披头散发的披头，不是大众汽车公司的甲壳虫。至少那时候我是这样理解的。

结果黑夜还是黑夜，还是有人上夜班，除了明星，没有人牺牲。

列侬死了，张国荣死了，波兰总统也死了。不坐公共汽车的人，总是难免死在所有人的面前。他们为所有人而死。

让生命去赶路

大钧不喜欢台北交通部门。他说,生命不是用来赶路的?那么请问,生命倒是用来干嘛的?

这件事,没去过台北的人大概不大明白。只去过一次的也不明白。要每天走在街上,才会有一天,一抬头,看见限速标语像一种甜言蜜语: 生命不是用来赶路的。用大钧的话说,这是一个美眉岛,一切都可爱,嗲,亲切到肉麻。在美眉岛上,标语不是威严的命令,它一用力跑到了另一个极端: 夏日的冰激凌,冬天的热奶茶,它笑得像日本女明星般清纯,清纯到性感,有一对无性的嘴唇: 生命,不是用来赶路的哦。

而我是看惯了另一种标语: 在此倒垃圾者全家死光光!

我就随便走,到了台北火车站的地下商业街。此地被一种甜味充盈。卖松饼的店家,用气味传递着幸福感,像政治家。我从 J 出口走到 A 出口,差点被甜死。上了地面,赶紧往不认识的路上乱走。眼看天色渐晚,没有孤鸿,楼宇开始发光,小风吹起了细雨。我捏住衣领,揩着鼻涕,走啊走,想到没有一个人认识我,幸福感油然而生,一边琢磨着北在哪里。是啊北在哪里?

我看到了大街的尽头,一座呆滞的建筑,貌似总统府。天空中摇晃着射灯,云端罗哩罗嗦,貌似北京。

我就想起一首歌,说是走在忠孝东路,拥挤的人群中。

上中学的时候,没见过忠孝东路,就想象那是王府井。但也没有见过王府井。但是没问题,无非就是张掖路再大一号呗。正如天安门广场就是东方红广场再大一号……拥挤的人群?本班就有六十五位同学,我每天都躲闪在其中呢。

让生命,去等候哦,哦哦哦。让生命,去等候哦,哦哦哦。

像骑着自行车,在颠簸的山路上,两腮的嫩肉颠得乱颤,歌喉也颠得乱颤。

我就哼着这首歌,想,那么忠孝东路到底在哪里呢?莫非我已经走在其中?人群在哪里,其中可有一两个情种,在等候下一个伤口?

我掏出手机,搜了一下 Google,我操,忠孝东路一段,忠孝东路二段,忠孝东路三段……一共有七段!谁没事干走这么远!王府井都走到亚运村了我操!

是的,我曾经走在校园的无名大道上,听童安格在高处,在电线杆上、喇叭里,谈论着生命。轻描淡写的。才到第一遍副歌，已经走过小操场，要进教室了。

我生命中的有线喇叭：大院的起床号，下班号，校园广播，工间操，歌声总是从天而降。我们这样和天空建立起联系。我这辈子，都不会让歌声从低处响起。即使是在重庆南路，博爱路，一零一，师大夜市，即使是每一个美眉都长得像日本女明星……天空一边下雨一边对我唱："在我的内心深处，掩埋着一段错误"。我就想，是啊，一段错误。雨也是来自天空不是吗。

天空就像3D的标语牌，向我的脑波里发射着歌声：让生命，去等候哦，等候下一个漂流。我就想，好啊，漂流。

还好天空只说了这些。我也走累了，找家路边小馆吃饭。老板祖籍上海，店员来自福建，厨子貌似南部人，三下五除二，面来了，请慢用！五十五块！谢谢光临！

桑拿之歌

在木板的包围下,蒸汽包围了我们。

我们是光着的,汗水哗哗地流淌,皮肤越来越光滑,越来越亮。我们像一些沉默的怪兽,坐在那里喘气,两手放在屁股边上,按着木头,低着头,要么就直直地望着前方,假装在沉思。有时候也不这样,而是站着,忙活着:不停地搓自己,不停地扩胸运动,伸胳膊伸腿,发明新的瑜伽。

滋啦!蒸汽从石头上升起来,碰到屋顶,沿着它扩散,最后看不见了。我们的额头,眉毛一带,眼皮,就感觉到一阵热烈的压力,然后是呼吸道,轰隆隆地发烫。有人就唱着歌,好像无所谓的样子,伸展着老胳膊老腿。歌声在蒸汽中减速了,它缓慢地传递,即使那人就在身边,它还是慢条斯理,一波三折,怎么听都像是来自昨天。

"马儿啊,你慢些跑……"

歌声跑出了桑拿房,溜进了大厅,向更高的屋顶升起,沿着它,向整个建筑扩散,像是要将所有人包围。

全世界的大叔,伸展着他们的胳膊和腿,搓着自己,将我们包围。

或许还有阿姨。我没有听到过。或许阿姨不唱歌。这是一个阿姨不唱歌的世界。要唱就一起唱，在公园里，广场上，阿姨们团结起来，抗拒着大叔的包围和瓦解。岁月算什么，阿姨越多就越年轻。她们为挽留今天而唱，目光笔直地伸向明天。

"战友啊战友，亲爱的弟兄……"大叔的深情，在几个光着的男人中间传递。我们互相看着，假装没有互相看着，不断地擦汗。他推动着气流，婉转着声带，深深地吸气，波浪一样抖动着忠诚的"啊"和忧伤的"哦"。在不经意间，他变温柔了，升华了，坚定了，拦不住了。我就呆呆地坐着，垂头丧气的样子，盯着鼻尖的汗，心想这个大叔可能是个贪污犯，正在奸情败露，擅长写告密信，全家出国挥霍公款，必要的时候卖友求荣。滋啦！又一瓢水浇上去，蒸汽兜头而来，我想或许我猜错了，他只是个懦夫，电视迷，贪小便宜，见死不救，劝孩子做房奴。他把我给唱郁闷了。

"革命生涯常分手，一样分别两样情。"这是一首信仰之歌，是一些有原则的人的故事。然而它也是一首信仰破灭之歌，献给分了手就永不回头的现实主义者。在全世界的KTV里，它像三鞭酒一样受欢迎。缺什么补什么，在这个没有信仰的世界里，贪污犯呼唤着和他没有利害关系的亲爱的弟兄。这样的弟兄当然像蒸汽一样，滋啦就来了，帮你排毒，过会儿穿好衣服，道貌岸然，他也就知趣地消失了。

歌声像绷紧的钢丝绳，唱歌的人像在钢丝绳上跳舞，目不斜视，端庄正直。这是理想主义的五分钟，再往下唱就是《敖包相会》了。一手拿着话筒，一手牵着妹妹，信仰破灭的人们，用唱歌来保持平衡。

桑拿房里，没有人唱周杰伦。歌星一旦脱光，就什么都不是了。战友就不一样，大澡堂子洗出来的，还曾经互相搓澡。谁没有过一份赤裸裸的感情呢……中国人重感情，也重利益，生存总是要付出代价。中国人什么都重。心头压着一个快速变化的社会，不唱出来会生病的。就像汗一样，它必须要流出来，好洗刷日积月累的耻辱和悲哀。

四十不惑，五十知天命，六十耳顺，男人脱光了，在漫无目的的蒸汽里，摆脱了妻儿老小和财务总监，默默无语两眼泪，耳边响起驼铃声……

掏耳朵的十五种方法

你有没有给猫掏过耳朵？不是件容易事。即便它得了中耳炎，自己跑过来，围着你转，蹭你，喵喵或者哇哇地叫，还飞快地甩头，耳朵发出噼啪的声音……等你揪住它的耳朵，拿出棉签，蘸了药，它就拼死拼活地挣脱开，跑得不见踪影了。

动物都不掏耳朵的。被掏过耳朵的动物，就变成了宠物。而猫是宠物中的异类，它们像是赏光才和人住在一起，要吃要喝要玩，却从不说声谢谢。这种优雅和独立，有时候被人类看作不仗义。

但真正仗义的事情是，这辈子你替猫掏了耳朵，下辈子它变成了人，你变成了猫，它就会替你掏耳朵。

风物长宜放眼量。

掏耳朵总是和听觉有关。省略了空气，声波直接在身体里传递。自身的曲折，软硬，摩擦系数，如此种种都被一一勘察。没有手电筒，但有预感。勘探队员和山洞都是自己，互相呼应着，像有磁力。未知的空间在召唤，你的火柴头、掏耳勺、发卡，等等工具，已经感应到了那片寂静。并即将前去打破它。

　　一种主客体合一。这就是自己掏耳朵的好处。

　　有时候我用火柴掏耳朵。红的绿的,一种潜在的火炬。我就想,万一它在摩擦中给点着了呢?山洞倒是被照亮了,可这是一种会疼的山洞啊。

　　我假设耳屎是一种可燃物质,耳朵就像喝干了的白酒瓶子,喷些烟进去,扔一根火柴: 轰!马上就烧个干干净净。
　　如果不疼的话,拥有一个喷火的耳朵也不错。

　　在四川,不知道是不是四川的所有地区,可以在街上掏耳朵。河边什么的。小风吹着,一个懒家伙卧在躺椅里,掏耳朵师傅是祖传的手艺人,什么耳朵没见过,一手夹着长长短短的工具,一手就往你耳朵里挥舞。轻重缓急,他全知道,比你自己还知道。这就很有意思: 把身体交给别人是有道理的。
　　而且没有合同,丑话没有说在前面。万一出了事故?没有万一。不放心的话,你去做美国人好了。
　　出于对这种信任的奖赏,掏耳朵师傅最后使出一招: 一根老长的金属棍子,探进耳朵去,然后用另一金属顺势一擦,苍啷啷啷……耳道里被振动充满。这个美妙的声音不会持续太久。但是这种美妙的感觉会一直留在耳朵里。像镀了金。

在一些蹩脚的科幻小说里,微型机器人爬来爬去,要么无恶不作,要么就是人类的好朋友,电子活雷锋。

我们可以雇一些来,请它们去耳朵里工作。带上微型的脚手架,电梯,微型的桶,微型的水,抹布,铲子刷子,电钻,扫帚和垃圾袋。进去之前,请先戴好安全帽。

我们该干嘛还是干嘛,看书,打电话。只要不从事剧烈运动,耳朵里的大扫除就可以顺利进行。

生活在一个以拆除和装修为动力的国家里,我不得不拥有这样的想象力: 这件事情,应该在旅行的时候做: 一旦想家,就去耳朵里施工。那叮叮咣咣的声音,就是乡愁的声音啊。

如果是在美国,就该用超声波除垢手术。先签一份两百页厚的免责声明。然后躺进一台白色的机器,宛若身处航天总署。嗡……什么声音都没有了。

五分钟后,四个全副武装的护士,将你搀扶起来,脸上带着克里希纳穆提的笑容,将你迎请到接待处。您觉得怎么样?请在这里签名。谢谢。拜拜。

就好像什么都没有发生一样。也不让看看残渣。在茫然无感中消耗了四千五百美金。因此必须怀有信仰：我已经焕然一新。

我还考虑过吸尘器。风险太大。而且很吵。

以前有过一个女朋友，热爱掏耳朵、挤粉刺……有这种人，对吧。每个人都认识一个这样的人。有一点变态，但算不上非常变态，对吧。

掏完耳朵之后，她喜欢拔一根头发，对折，放进耳道，用手指搓动留在外边的这一头。此举堪比成都府南河边的掏耳朵师傅。几乎妙不可言。喀喀喀喀，轻盈的碰撞，饭后冰激凌，睡着前的抚摸。

但我并不喜欢为她服务。把她的头发揪下来再塞到她自己的耳朵里去，人的身体竟然如此没有逻辑。我觉得奇怪。我也从来不摁住别人挤粉刺。

还有一种通过唱歌来清理耳朵的方法。
还有克服心理障碍，在同性间互相掏耳朵的方法。
一次清理五十双耳朵的方法。
一觉醒来，耳屎自动不见了的方法。
可以掏耳朵的山寨手机。
乌拉圭人传统的掏耳朵游戏……

我去泡个澡

阳光灿烂啊,这么好的天气,应该泡个澡,然后睡大觉。

热气蒸腾,镜子不见了,我处于幸福的半昏迷状态。洗手台上是手机,手机上开着一个小玩意:1947年以来每年的流行金曲。想必是美国的,一定是,只有美国人爱干这种事……好,我假设邻居正在偷听:一个亚洲人,住咱家隔壁,听咱们的音乐,他是想移民吗?

我从1947年听起。哼哼唧唧的,男男女女的,跟现在没什么区别,难道美国人就这点出息,半个多世纪了除了把唱片卖成手机程序?

一样的打磨,性感而深情,精致的吉他假装很哀怨,过不了几小节就亢奋起来,像一个当选了总统的机器人。但这不要紧啊,一个批评家泡在澡盆里,哪怕是一个愤世嫉俗的批评家泡在澡盆里,他也是半昏迷的啊。一个从时间那头旅行而来的歌声,通过手机释放出来,在蒸汽里回响。这声音因陋就简,因地制宜,仿佛一面胜利的旗帜,插在无名高地,仿佛一道彩虹,闪烁在抽水马桶。

音乐并不重要,重要的是怎样播放它。

这么多年了,谁不需要一个哀怨的歌声,萦绕在厨房,洗手间,情人旅馆,以及,尤其是,饭馆?

你吃什么,就变成什么。吃精致的食品,低糖,沉甸甸的刀叉,一杯白葡萄酒,你就变成总统候选人。你吃流行金曲,你就长得像苹果手机。

我在把自己泡散架了之前爬起来,灯光雪亮,我像一个屹立在无名高地的颓废派,用白旗一样的白毛巾,擦干了身体。这不是一个黑旗的国度,虽然每个人都穿着黑衣。好吧至少每个纽约人都穿着黑衣:黑夜给了他们黑色的大衣,用来抵抗帝国的花岗岩大楼。

那玩意太沉重了。

在纽约不穿黑衣,你就是一小颗粉红的花蕾、翠绿的毛毛虫、湛蓝的眼睛,帝国一抬脚就把你踩得稀巴烂。

我每天穿着黑裤、黑内裤、黑袜子、黑毛衣、黑大衣,还有黑帽子,假装是一个纽约人,在寒风中精神抖擞。所以请允许我泡一个颓废的澡,听听流行金曲,我投降还不行吗?哀怨的1947年的黑人,被数字化,压缩成时间的相片,我按一下,他就得出来,我再按一下,他就得玩完。识时务者为俊杰,他早早地投降了,嗓子里一根刺都没有留,眼睛里也没有砂子。可是他还是那么的哀怨,就像上帝派来的,为了安慰我们而在地铁里乞讨的天使。话说那些乞丐,他们把翅膀藏在哪里了?

所以说半个多世纪过去了，一切都没有改变。隔壁也没有人偷听，什么冷战啊，犯不着。我们拥有同一样的梦，同一样的澡盆，雪白的毛巾包裹着我，像包裹着所有的总统候选人，不管我的皮肤，是粉红、翠绿，还是湛蓝。

新旧金山

垮掉一代博物馆就在脱衣舞俱乐部的左邻右舍,以及马路对面。

我没说这不好。或许极其好。但好是什么意思,这个很难说清楚。在旧金山,飞机缓缓降落,大脑被一段旋律冲刷,说是假如你要去旧金山,千万在头发里插点花,假如你要去旧金山,你会碰到些和善的人。我打算翻译成"好人"来着,可是怎样才算好人啊我的朋友……

王敖开着车,我们离开伯克利的电报街,过桥,直奔旧金山唐人街,路过垮掉一代,直奔马来西亚辣螃蟹。车里放的也是这首歌,他刚租到这辆车的时候,路过唱片店在一元区买的,《阿甘正传》原声碟。音箱到底厉害,何止是大脑被冲刷,前奏一起,我全身发抖,被声波淹没。是啊我要去旧金山了。我已经去过旧金山了,我又要去了,还要住两天了。而我几乎是个光头,没有地方插花。

我去了海特街,边上一片有绿地,当年嬉皮士就在这里聚众。曾经想象过很多遍的地方,稍稍一翻译就是魂牵梦绕的地方,其实就是两条街,饭馆,咖啡,"红色胜利者"招牌上写着它的历史,烟斗店, T恤店,阿米巴二手唱片店。有个房子我怀疑是查尔斯·曼森住过的。公共汽车坦然开过。街上一个嬉皮士都没有。

其实是有的，只不过都老了，要么就疯了。在硅谷发了财的不算。旧金山大桥那边，去到伯克利，电报街上，地中海咖啡里，早餐时间，我还见过几位。跟他们坐在同一个房间里我觉得自己都变成 loser 了。然而我难道就不是 loser 吗？我什么时候开始以为自己不是的呢？这个星期的《东部湾区快报》，封面是本地十大怪人之一，要么就是八大怪……白胡子流浪汉，随时会躺倒在街头的那种，正在神秘微笑。看着他我就想起那首歌，和善的人，疯人，脱离体制什么的，四十多年前这一带全是这样的人，头发上插着花，穿袍子，到处蹭吃蹭住，成天笑眯眯的，不工作，一年开完了一辈子的生日啪嚓。以前是 loser，现在是 loser。

"一个《纽约时报》记者是怎样脱离体制，变成了恨的传教士"。他神秘地微笑着，配合着右手的中指，和左手的香烟。帽檐上插着花。我打听了一下，大概就是他对现实不满，到处散布反社会言论。看起来还是一个和善的人，不像上访的。要不怎么叫传教士呢，胸有成竹的样子，世界毁灭也不怕那种。我马上就想起了《2012》，那个爱吃酸黄瓜的家伙，在世界末日张开双臂，迎接了一个他早就知道要到来的现实。

伯克利满地都是大学生，晒太阳的，练杂耍的，也发明了各种有机食品。旧金山呢卧虎藏龙，满街大麻味道，每一栋房子都是历史。我的朋友们都是好人，精通点菜，管接送，供我蹭吃蹭住。可是那首歌已经被唱烂了，再唱就得削价处理了，一块钱了。

这是一种迷失的感觉。你召唤历史，但历史变成了电影，而你只剩下电影配乐，眼前的报纸上是一位卸了妆的男演员，微笑着竖起中指。

所以我想象的不是一个地方，而是一个时间。而时间是个光头，你抓不住它的辫子。它是凌晨四点的飞机场，你努力保持清醒，航班进进出出，其中只有一趟是你的，其他都是别人的，外国人的，另一个时代的。千万不要睡过头，否则连自己那趟也给耽误了。

而大家都在飞机上睡觉。一觉醒来，降落在另一个地方。

英特纳雄耐尔

美术馆里什么都会发生。它就像一个巨大的监狱,什么都可以装得下。

什么都允许发生的地方,只能是监狱了。

这样说好像说不通,但一定是对的。好吧还是回到美术馆: 美术馆里,每十分钟就响起一个轻柔的歌声。正如有一类歌声总是被形容为轻柔的,它就真的是轻柔的,不知道从何而起,在东张西望飘过的观众身上轻轻碰撞,不知向哪里消逝。

我有的是时间。我看了看左右,然后是上下,哈哈,它就来自头顶,一个高音喇叭,象征着权力和暴力。但是一个轻得配不上这暴力的歌声,三言两语,好像记性不好,唱唱就不唱了,在这个冷漠的、白色的、方方正正、人来人往、人模人样的空间。

艺术家叫做苏珊,要么就是伊莎贝拉,或者苏兹,伊丽,埃拉……

一个女的,唱着《国际歌》。记性不好如我,也记起了许多瞬间。她根本是用母性来唱的,像传说中的鹅毛被子,从天而降。这个歌呢,原来应该是这样唱的啊,在这样的空间里。在这样的时代里。我那些记忆，瓦砾铁锈，歪斜的钉子，发呆的车床，压扁了的自行车，似的，蜷缩在鹅毛被子下面。

英特纳雄耐尔，就一定要实现……应该是用法语唱的吧……《马赛曲》就是一首不像国歌的歌，星期天似的。歌词多么血腥啊可是。一个和其他民族一样血腥的民族，拥有一种自以为优雅的语言……法国大革命：互相砍头的历史……

甜蜜的鹅毛被子，每十分钟飘落一次，唤醒沉睡的记忆，但不完全唤醒，而是半睡半醒。

我看了墙上的说明才知道是十分钟来着。我在这里待了一整天，十二个小时，一楼到四楼，洗手间，沙发，咖啡，我看遍了礼品店所有的货架，还买了一本书，在阅读前言的过程中睡了一觉，拍照，查字典，用免费的 wi-fi 打网络电话，看了一个音乐会的开头，遇见房东，遇见韩国小妞和她的新朋友，楼下内部通道的保安窗口记录了我的名字……足够拍一部电影。英特纳雄耐尔，一直伴随着我，成为这部电影的配乐。

我说过的，美术馆里什么都会发生。问题是，为什么我要说，足够拍一部电影？为什么只有变成电影，才算是充分的生活？

互相砍头之后，法国人写了《国际歌》。之后改枪毙了。要么就是坦克。

这一切都可以出现在美术馆里，每周二免费参观。美术馆：囚禁艺术的地方。而艺术是：关于一切可能性的。美术馆把观众和艺术分割开来：参观者和被参观的对象。艺术家负责在美术馆里讨论一切。

我去过一些国家，所有的机场和美术馆都是一样的。就像所有的英特尔商标，大的小的，反光的，立体的，总归一样。美术馆：一个公共文化机构：人类的梦想：人人有权分享和参与艺术。同一个世界，同一个梦想。

我在这里演出：芝加哥当代艺术美术馆。芝加哥，五一国际劳动节的诞生地。很多人为此而死。他们的后代，现在可以免费参观美术馆，拿着相机，在各种巨型的贝壳，巨型的破布，大光头，扭曲的自行车，各种泼到画布上的油漆……前面合影留念。那个肯定不叫苏珊的艺术家，创作了另一件作品，纪念芝加哥工人运动。它被安排在四楼。像工人运动一样，走到四楼的时候，我已经累了。

演出之后，收拾完东西，我们往外走，我吹着口哨，身后有人跟着吹：英特纳雄耐尔，就一定要实现……这个句式说明，它还没有实现。

已经实现了的，总归是另一种东西。

有花

桌子上摆着手机，iPod Touch，照相机，录音机，以及新买的 iPhone。

身后传来咔嗒咔嗒的声音，突然间它变弱了，几乎要停下来。我转过头去看一看，是一个坐在马桶上的蜘蛛侠在读书，蓝色的衣服，红脑袋不断磕到后面的水箱上。他就在书架上，一本关于中国经济的书旁边。这到底是一个什么玩意？在这里住了三天了居然才发现。还有，他一会儿磕上去，一会儿磕不上去，到底有什么规律呢？他是太阳能的吗？

我没打算用 iPhone 把手机、Touch、照相机，还有录音机全都给整合了。现在它们是平等的，有各自的性格和地位，在桌子上，像各种蜘蛛侠，默默地发出咔嗒咔嗒的心跳。我戴上耳机，开始听电脑里的音乐。实验音乐。好像是电冰箱或者烤箱的声音。不查资料的话根本不会知道是什么。和蜘蛛侠差不多，没有规律的电子心跳。

我在想念纽约公寓里的那盆花。跟假的似的，肥大的粉色花瓣，很色情的样子，像荒木经惟曾经拍过的那种。我总是把这一堆电子玩意放在花盆前。并且总是想起来一首老歌：花篮的花儿香，听我来唱一唱。一个大姐，深情地歌颂着一个虚拟现实。

有花很重要。据说我命中有木，可以养花。好，我就在纽约黑乎乎的地铁通道里走着，到处都是穿堂风，每个人都穿黑衣，每个人都戴耳机。我就唱着革命老歌，穿行在各种耳机发出的噼里啪啦之中。

老歌像一种护身符。不能用耳机，或者 i 什么什么的来听。要唱出来的。

反正他们也听不懂，不知道我支持革命。

iPhone 是反革命。我这样想。 MoMA 也是。这两样是一回事，丰富、便捷、干净、人人平等。就像彼岸一样邪乎。但是我去了 MoMA，也就是现代艺术美术馆，花了七个半小时，才看了四分之一。我也买了 iPhone，这玩意无法穷尽，每天都有几百个新程序等着被苹果公司挑选。彼岸实际上是不可能的。

现在阳光从窗户里涌进来，就好像太阳被自己烤化了，淌得到处都是。我希望那盆花也有太阳晒。水肯定是没有了，我总共十天不在，希望它身体健康，照顾好自己。它不是永恒的，也不完美。它将会死掉，化作春泥更护花。但最好不是最近就死。

可惜桌上只有一堆电子玩意。它死掉以后，也无花可护。最多我把它照片上传到 Facebook，或译"非死不可"，给它永恒的生命的假象。

我听过崔健唱那首歌,磁带里的崔健。一千遍没有,三百遍总有了吧。现在磁带已经老化,正在死去。我听过广播里,郭兰英阿姨唱的版本。那声音储存在记忆里。豪迈的歌声,淳朴的人,我在美利坚帝国的心脏,地铁通道里,替他们唱这首歌,像所有好脾气的华人移民一样,哼哼唧唧的一点也不豪迈。但仍然是豪迈的。

没有彼岸。南泥湾已经不存在。 iPhone 永无止境。

再崩溃

王朔说,世上最崩溃的事情,就是以前的历次崩溃一起再现。

也就是说你上一次失足,滚落了三层楼梯,这次就是六层。多滚几次,你就跟孙悟空一样了,驾着筋斗云,要么就坐电梯……然后才能往下滚。

我在飞机场,历尽艰辛,通过了安检。穿上鞋系上皮带,钱包手机一把抓,再把各种书啊衣服啊录音机啊照相机啊塞回包里,像一个买卖人,在城管到来之前,把羚羊角,虎骨和绿松石项链塞进包里。又像是一个奸夫,在床前,就着明月穿衣服。这样的事情,常常经历,我早就不问为什么,乖乖地遵命脱了穿,脱了穿,尽量穿得优雅一点,好像一个坚信不会被捉到的奸夫。

话说所有的奸夫都在系皮带,所有的小贩都在和拉不上的拉链搏斗,只见一位大叔,端坐在椅子上,一手捧着皮鞋,一手举起了一片纸……不是餐巾纸,而是一张倒霉的名片,也不是一般的皮鞋,亮晶晶的,是高级货……擦皮鞋也可以这样潇洒:咯吱!咯吱吱!吱吱吱吱!他面不改色,我心如刀绞。他唤醒了我的小学,一个坏同学,在用泡沫塑料擦玻璃。他唤醒得更多了: 一支硬粉笔,在黑板上打滑,阳光灿烂的下午,它滑进了我的耳朵,在脑子里写啊画的。我一个字也不认识,它只顾写下去,翻着跟头,像风筝在冲浪,而风筝线割破了小手。

血花四溅的耳朵啊,我逃离了现场,那只皮鞋还阴魂不散: 你盯着太阳看一分钟,然后再看什么都会有一坨光。皮鞋就像这坨光一样,跟着我上了飞机,要去地球的另一处。

世上所有的泡沫塑料,所有的粉笔头,所有的皮鞋和塑胶制品,还有排球馆里踩着木地板的运动鞋,在一瞬间集体现身: 原来你们都认识啊。

妈呀这可怎么办。

历史上所有的崩溃都一起崩溃了,像一只坏猫,被恶狗吓得尿了裤子。皮鞋也可以用来杀人……我理解了王朔,他嗑药嗑多了,变得敏感,愤世嫉俗,眼里容不得一个小小的王八蛋。我呢?

我默默唱起了所有记得的歌。我唱道: 世上只有妈妈好,有妈的孩子像个宝。

其实我应该念六字真言的,阿弥陀佛也可以,但是一时慌张,忘了。关键时刻,总是内心阴暗的一面占上风。此事弗洛伊德已经为我们开脱过了。有的人在做爱的时候念唐诗，有的人在挤车的时候唱国歌，还有人一抱起孩子，就唱摇篮曲：他妈妈唱给他的那一首；弗洛伊德又说了，这不是唱给孩子的，是唱给自己的。而我，偏偏会记得一首歌，它代表着一种软弱和自残，好像一种没本事的老百姓，买不到药物，就靠嗅催泪瓦斯过活。

没有人愿意记得它，可是它危如累卵，等待着一场美丽的崩溃。

我常常端详坐同一架飞机的人。定理一：你旁边坐着的美女已经订婚了。定理二：总是有一个活佛坐在商务舱。定理三：不一定。

还有：如果头天没睡好，就一定会有个小孩在你附近哭足十小时。而且小孩妈根本不哄孩子。她自己已经快哭了。那种泡沫塑料擦玻璃的声音，她已经听了一两年，她已经崩溃了，不打算爱了。

在上个世纪，有一部电影，讲的是穷妈妈的故事，人们一遍又一遍去看，边看边哭，上瘾一样地哭。它征服了所有人。我在想，遇到劫机犯的时候，是不是可以播放那个主题曲呢。罪犯也是有妈妈的呀……不然就用泡沫塑料擦玻璃：反正是一回事。一个穷妈妈，在时空隧道里亮剑。而我们精装修的铁石心肠，都在等着这一场崩溃。

另一个正在被人遗忘的,也姓王的作家,曾经在他年轻的时候,或者说在所有人都年轻的时候,像念咒一样地写道:所有的日子,所有的日子都来吧……

指环王

挪威人布雷维克，现年三十二岁，花了两年时间疏远亲朋，锻炼身体，埋头做研究。听起来像是博尔赫斯小说里的杀手阿雷东多："我是红党，我自豪地宣布自己身份。我杀了总统，因为他出卖并且玷污了我们的党。我同朋友和情人都断绝了往来，以免牵连他们；我不看报纸，以免别人说我受谁唆使。这件正义之举由我一人承当。你们审判我吧。"

当然小说是一个世界，我们生活在另一个里：在今年夏天的挪威爆炸枪击案里，布先生杀了七十七个人。

开枪的时候，他戴着耳机，开大了音量，让《指环王》配乐鼓舞自己，勇往直前。对于一个打算改革地球的人，耳机是一件重要的发明。他不是携带了音乐，而是进入了音乐，连同整个世界。简单地说，布先生在另一个世界里开枪，杀了我们这个世界里的人。

这就是音乐和小说的不同：你不能从小说里向我们开枪。

对此，我其实是早有耳闻的。瓦格纳的歌剧《尼伯龙根的指环》，伴随着美军直升飞机，在越南的青山绿水间轰炸、扫射： 电影叫《现代启示录》。导演叫科波拉。你不一定非要看过，还有很多其他的电影，其他的配乐。《这个杀手不太冷》里的坏警察，喜欢贝多芬。《大象》的校园枪手，贝多芬。《沉默的羔羊》，巴赫……凶手也是人，也爱听音乐的。在各种关于纳粹的奇闻和事实中，集中营里的头目，都是瓦格纳的爱好者。另一位想要改革地球并从中获益的人，希特勒，据说看过三十四遍《特里斯坦与伊索尔德》……

耳机比直升机更厉害。在电影里，是音乐和火光环绕着我们，电影院不存在了，家庭影院和土豆网不存在了，机关枪榻榻榻榻，超重的重低音， 3D，高清，震撼的不只是灵魂，还有我们以前从来没有存在过的身体。美军都没有这样的享受，他们只有机关枪和血。

德军要是配备了耳机，地球可能已经被改革了。就像挪威人布先生，他给自己运来了一座电影院，他是在《指环王》里开的枪啊，千军万马，不在话下。要说是在"魔兽世界"里开的枪，也行。总之不在我们这头。我们这边逊色多了，鸡毛蒜皮，手无寸铁。

现实总是让人晕，难以下手。要是打游戏就好了： 砍砍砍！血光一片，再配上音乐，人类文明的精华，很美。当年流行"红警"的时候，我在单位电脑里装了游戏，没白没黑地指挥着坦克，晚上出门，看见汽车都想用鼠标点一下。再早一点的时候，看完周润发，我沿着小坡，往学校走下去，一路上风萧萧，光芒四射，天空中回荡着主题歌。同学们当然没有看见也没有听见，可是我浑身放射着英雄之光，我是用慢动作走回去的……算了不和人类计较了，这些睁眼瞎……

猪

我在鼠人的语录里加上了新的一条:

你可以是个好人,可以善良,可以慈悲,有同情心,但是千万不要有社会责任感。

鼠人想做孔子。我只好当了颜回……在古时候,没有录音笔,又没有 iPad,并不是谁都能当孔子的。我们应该感谢时代吧。

但是既然人人都有了录音笔,甚至微博,又岂不是相当于满街都立着孔子像。比肯德基大叔都多。还有便携式的,挂在钥匙链上。还有黑孔子,最近孔子学院都开到非洲去了……我们家的这一尊,要摆在电脑旁边。不要让鸽子屎落上去。

好吧。

昨天家里就来了一个非洲人。我当着他的面,踩死了一只蟑螂。

安定门的韦总,说起她见过的蟑螂: 咻! 从这边跑到那边。看都没看清楚。只见刮了一阵风。蟑螂是送快递的么?

不是。蟑螂跑来送死。害我杀生。就在非洲人刚说起佛教的关头。我像一个犯了杀戒的孙悟空，决心要安慰他一下，用纸巾包起了蟑螂尸体，抽水马桶冲掉了。"水葬"，我说。于是我们就不谈论佛教了，转而谈起乌托邦，还有微型政治。临走他问我对人权怎么看。咦，这是一个圈套么，还是他在开玩笑？我哪里配谈什么人权，我刚刚剥夺了人家的生存权！

歌中唱到： 猪，你的鼻子有两个孔。

道理就是这么简单。哪怕是非洲猪。

孔子不吃豆腐，他说豆腐是豆子的魂，只有鬼才会吃。这是多美的一段论述啊，可惜没有收集在他的语录里。想必是颜回没听明白： 什么？鬼魂？那是什么玩意？长鼻子吗？几个孔？恕学生没有见过，不能写。我爱我的老师，但我更爱真理，就是不写。

颜回是穷人家出身，怕是连猪肉也没吃过，光看见猪跑了，两只鼻孔呼哧呼哧，印象深刻。咻！跑到了富人的锅里……

那首歌是这么回事：2003 年，正在闹非典来着。大家闲得很，做各种平时想做而没空做的事情，喝各种茶，反思前半生，研究厨艺。有一天，就有人发来这么个邮件。文件名是 pig. mp3。看起来不像病毒，就点开来听听。好深情啊，笑死了笑死了。就转给别人听。后来听说这首歌就红了,说是网络歌曲现象。

"猪头猪脑猪身猪尾巴,从来不挑食的乖娃娃。每天睡到日晒三竿后,从不刷牙,从不打架。"一个小男生,声音白嫩白嫩的,每天被妈妈逼着刷牙,也不抽烟,口腔干净得像佛堂。我想他一定梦想着要反抗。是的,要捍卫不刷牙的权利……结果就长大了,上了大学,在宿舍里建造了乌托邦:再也不用叠被子了。臭袜子?扔床底下好了。

流行这件事,总归都是内心的投射:赞美猪,就是赞美生活。

你写首歌来唱人权就不大会流行。没有人见过它在街上跑,更别说炖了吃。

我们聊的是,地球正在缩小,我们彼此之间,正在相互影响。卢旺达大屠杀,阿拉伯之春,中国经济。这些话题是放之四海皆准的。但猪之歌就不行。也许我说错了。事实上,很多人去非洲歌唱人权,去捐钱,变成了联合国形象大使,而不再是网络歌手。

红烧肉这件事,弄不好会扯到信仰上去。猪八戒也是。还有牛油,麻辣火锅不能没有它,当年,印度爆发了反抗殖民统治的起义,就是因为牛油。我要是孔子,就写一首关于黄豆的歌,叫做四海之内皆兄弟。

君子远庖厨。这是孟子说的。翻译成现代汉语就是：厨房是罪恶的，血肉模糊，让小人去研究厨艺吧，君子只管吃。很多犯罪电影里都有这种儒家形象：脏活交给黑社会去做了。我想，写歌的那小子，应该也是没杀过猪的。他太善良了，我们也太善良了："猪，你的肚子是那么鼓，一看就知道受不了生活的苦。"我要是猪，也要感谢这番厚爱的。

　　生活总归是苦的。即便是考上了大学，也不一定能找到工作。甚至会反而找不到工作。谁会想雇个君子来做下属呢？

　　而且生活不容反抗。不论是北京，还是开罗，下午六点都是一样的堵车。在地铁里，每个人都成为他人的地狱。要么你就去古代，倒是不堵车，可是也没有 iPad。生活像汽车一样，是我们自己攒钱，分期付款，排队摇号，买的。君子，你的肚子那么鼓，是因为堵车太久，不运动，你要感谢生活的厚爱。

猪鼻子

我在想,是从林黛玉开始呢,还是从猪鼻子开始?

各有各的好处。林黛玉比较意外:人们从题目开始阅读,刚刚在脑海里建造起猪鼻子,猪肉大葱,野猪林,朱军,的世界。毫无防备地,一个林黛玉杀出来!像是广告里,撒向油污和墨渍的一滴洗洁剂,还闪着光,唰,猪油猪脑朱军,全都烟消云散了。读者晾在一边,脑门上全是问号……至于猪鼻子,那就比较直接。手起刀落,说一不二,十斤精肉,十斤肥肉,十斤寸金软骨,细细剁碎:给,拿去!

然而我是从疑问开始的。我问:是从林黛玉开始呢,还是从猪鼻子开始?

立秋了,感冒是向节气致敬的一种方法。或者说,和传统发生一点关系。

然后就喝姜茶。我发明的,沙姜,葱白,方糖,姜红糖,加水放小锅里煮,喝起来有异国情调。就问:姜和糖都可以理解,为什么要放葱呢?就答:因为葱可以通气,猪感冒了,在鼻子里插了两根葱,却被闲人看见,造谣说它装象。我们放葱，不仅仅是为了通气，也是为了纪念猪在医学史上的贡献。

然而葱真的可以通气吗？我来 google 一下：

"感冒后鼻子不通气怎么办呢？可以睡觉时在两个鼻孔内各塞进一鲜葱条，三小时后取出，通常一次可愈。"（摘自中国呼吸网）好，果然是这样，人们为了纪念猪，也开始装象。

上午，我在公共汽车上看到，林黛玉在半截案板那么大的屏幕上，捏着兰花指，跟贾宝玉打情骂俏。好尖的下巴呀，没有长腮帮子，也没有胸，要么就是有，被导演给禁了。这是一种美学上的立场，也是心理学的……她长得这么变态，怎能让人不共鸣。然后荡气回肠的插曲就唱起来了：一个是什么什么，一个是什么什么，一个是水中月，一个是镜中花，啊啊，啊啊……

这是一种气功呢，还是一种歌曲呢？我就想，气功是讲究流畅的，婉转，循环，起落，呼应，一种不可见的能量，在肉体中穿行。而歌曲也可以不可见，就像"文化大革命"的时候，歌曲都来自高音喇叭，如果不是用高音喇叭播放，也来自嗓子里的高音喇叭。总之是没有低音的。高亢：高音总归是亢奋的。一个亢奋的民族。精神饱满，能量像脱缰的野马在肉体之中和肉体之间，浩荡地穿行。

我是说，林黛玉尽管身体不好，但她召唤出的歌声，却是很有能量的。像菜刀一样。没有低音，没有肉。该婉转的地方，都刚烈地挺过去，嗓子真叫一个亮啊，又稳又锋利，它得消耗多少心气啊。林黛玉，一个牺牲者，烈女，烈士，二锅头一样的人物，而且是空腹的，喝下去直接干翻。

天旋地转啊，林妹妹，人不可貌相啊。

这和猪鼻子，没有直接的联系。但我打定了主意。

你没有感觉到，旧版《红楼梦》的插曲，听多了会伤心吗？心乃五官之主，主血，司神，无因而泪者，心脾司之。我们以为是被感动了，其实是被伤了。被谁感动不行啊，被林黛玉！整个一个药罐子！和她共鸣，对身体不好。会哭，会睡不好觉，觉得浑身没力气，肉体感觉不到了，就剩下思绪在飘啊飘。可不是，能量都用在怨妇身上了。一种看起来很美的牺牲。

插葱都救不了的牺牲的愿望：如果一个人，一群人，打定了主意就是要牺牲，你拦得住吗。在菜刀面前，道理就是肉，就是葱。菜刀呼唤着美，在耳中鸣响，在精神世界里飞旋，泪花四溅。此种壮烈，不亚于荆轲刺秦，秋瑾，郁达夫……

插葱实在是太难看了。所以它什么都拦不住。在传统中，有人苟且，有人玩命。看《红楼梦》和看中医，都是向传统致敬的方式。何况《红楼梦》里也有中医，只不过人家开的方子，都像是诗歌，绝不会像中国呼吸网那样寒酸。如果中国是这样呼吸的，曹雪芹会怎么想，扁鹊会怎么想？

外国人会怎么想？

我坐公共汽车，去见外国友人。我想，得提醒他们也坐一回，看看林黛玉是什么样子，听一听插曲。二十多年前，我们是这样和传统发生关系的。现在呢，立秋了，猪鼻子插葱，林黛玉以为自己是饭岛爱，死是死了，却死于无爱，既不变态，也不壮烈。死了算。

耳虫2012

边疆的泉水

现在是北京时间六点四十七分,我坐在爸妈家,离北京时间还有一个时区的距离,的客厅的沙发上。

背后的墙上,石英挂钟咯哒咯哒地响,像是一种实验音乐。而我连按删除键的声音,也和它差不多:嗒嗒嗒嗒,时间向前,向后,否定它自己的每一次停留。这连续的声音,既是拉长时间的幻觉之声,也是清除记忆之声。

刚刚写下,又删除的,大概也和记忆有关。比如说这个挂钟,这间客厅:它曾经是我和外公的卧室,我现在就坐在当年的,自己的脚上。这只脚,在这个时间,大概是不知不觉,伸出了被窝,往梦中的足球场跑去。而另一只,则练习着静止的霹雳舞。

多动症的我,脚踩两只船的我,在时间的两头,嗒嗒嗒嗒地运动着。

刚才想写,而确实也写下了,而最终又删了的,是曾经回响在另一处房间的声音。确切地说,是从窗外传来,又在房间里回旋,沾染了家具和空间的性格,而塑成的声音:边疆的泉水,清又清……那时候家具少,杂物也少,可能回旋起来比现在要简洁一些。但声音仍然一波三折,我无法描述它的波动和荡漾。

这声音也在操场上回荡。高音喇叭隐身在电线杆后,而声音无处不在(跟上帝似的)。大院里有四十栋还是四十一栋一模一样的红砖楼,在它们之间,声音的泉水,涌入每一扇窗户,在每一个房间,按照其建筑声学,和生活的细节,在缝纫机和床单上重新塑成。每一家,都有自己的边疆,自己的泉水。

一波三折,刚才删掉的,现在又被写下。而它们终究不一样:我只是换了个沙发,喝了杯水,记忆就翻了身,变了脸,裹上另一个被窝。如同莫奈所抱怨,光线时时在变,让他连一幅风景画都没法画完。

那首歌涌入我家,涌入我颅腔,在细胞和精神之间回旋,像水在水杯里,哗啦啦激荡然后塑形。从那时到现在,已经三十二年。李谷一邓小平卡拉OK平板电视,改革开放都改完了。

难怪我妈要说,今年没啥好歌。然后我爸就说,那么多电视台,全都是晚会,全都是这几个人。然后我就说,今年流行洒狗血啊,赚的都是眼泪钱呢。然后我们就哈哈哈,温馨地笑起来。

想必所有的改革,都有着强烈的开端,一波三折的曲线，和温馨然而多少也无聊的然后。它的第一首主题曲，会一直荡漾下去，让然后的水不再解渴。然后的成千上万个电视台，十亿台电视机，只是那开端的无尽的镜像。阿凡提早就说过，那是兔子的汤的汤。

和其他所有的歌一样，那是一首无法描述的歌。

它只适合两种媒介：高音喇叭，和记忆。不要去买什么复刻黑胶了，发烧音响播放的不是它，是它的镜像。我想要写，并且终究写不出的，是它的缓慢而连续的流动。它透明而有力，心无旁骛，使空气更单纯。我不能说它是美好的，因为它更像一种物质，而不是情操。

就像刚刚在淘宝上买的刘翔口罩，它不能让我呼吸到三十二年前的空气。物质总归是要湮灭的。

就像光线这件事：然后天就亮了。爸妈起床了，水龙头在响，地板咯吱咯吱，镇流器用力地扭着身体里的电，登！灯亮了。我召唤出的声音，被更多的声音感染。爸妈就坐下来，吃早饭，完全不知道那歌声还在绕着他们转，召唤着他们身体里的同样的声音。

等待着

有一天我在郊区等朋友。

是军队大院里,五套连成一排的平房,各有一个小院,用红砖砌成空心的花式矮墙,隔开。我院子里有梨树和草莓,一个废弃的鸡棚,然后就是杂草。大概是夏天,要么就是秋天,时辰很好。我已经一天没有出门,也没有和人说话。我从傍晚等到天黑,等到渐渐听不见外面小孩的欢叫,马路上车少了,每经过一辆,都发出清晰的、粗糙的声音,渐近渐远。让人忍不住为司机感到寂寞。

那大概是十八年前的事情了。我记得,那个朋友终归是没有来。我往灯绳上挂了张纸,写着:闲敲棋子落灯花。意思是:你这个王八蛋,你这个王八蛋,你这个王八蛋。

现在我在另一城市了,在闹市区。我收拾了行李,去过了邮局,该送人的东西也送掉了,房间快要空了。还有一天才会离开,手续还没办完,晚上还有一个聚会。时间还早。整个下午的空白,像清理干净的工作台一样,一马平川,跟新的似的。一段小住,有去有回。现在我好像在等什么似的,坐着,听着隔壁的水响,偶尔有脚步经过走廊。

我想我大概是在等一段配乐。可以是从天而降的手机铃声。可以是走廊另一头的笔记本电脑,比如说什么人从微博跳到了土豆,唤醒了炸鸡广告。可以是窗外一个光膀子的游客,热得受不了了,走着走着就唱起来了……一只绿头苍蝇也行,小清新,小翅膀玩命地扇,唱着爱的民谣,还嘤嘤咽咽的……倘若没有配乐,我就只能坐在这里,只是这里。外面都热成灾难片了,我还坐在这里?

没有开头,没有结尾,没有配乐的生活,就只是生活而已。就像不放鸡精的鸡汤。不哭泣的领袖。没有钻戒的婚姻。不看电视的老人。

果然,我等待着,像一锅汤等待着鸡精。结果等来的是漏勺。

窗外又一次敲响了钟声: 东方红!太阳升!中国出了个毛泽东!

歌词是我按照旋律给填上的。钟声只是钟声,它敲着我的记忆,把歌词敲出来。就像我敲着键盘,电脑就自动献上一颗一颗的方块字。

每十五分钟一次,每天十几个小时,像一只嘹亮的铁公鸡。钟声切割着外滩一带的时间。

钟声加工着外滩。每十五分钟一次沧海桑田。我从这里,被甩回时间的深处。旋律,像榔头一样敲下来,敲打着南京东路的路面: 欢迎来到纪录片里。而所有的纪录片都是大片,你们都是演员。我所有的平静,等待,全都不堪一击地,被纪录片没收。是啊,连毛泽东都被没收了,我算什么。

我还以为自己没有在等什么呢。那种什么都不等,也不做,就只是待着的人,身边没有音乐,火上没有汤,闲敲棋子,爱来不来。黄梅时节家家雨,青草池塘处处蛙。什么的……咣当一声,全都破灭了: 池塘也罢,外滩也罢,横竖都是纪录片。

好吧我就要离开这里了。再见了毛,再见了银行家,再见了生活在广告里的人们。拜拜。我等待着,在其他的电影里重逢。

东方白

我给自己起了个笔名：刘愤怒。

还行吧。一见面：你好你好，免贵姓刘，刘愤怒，请多关照……很响亮的名字。透露出来自内心的信息。也是一种对社会的关怀。与流行趋势大致吻合。

我以前还用过别的笔名。有时候一期杂志上，有我五篇文章，那就需要很多笔名。包括英文的。起多了，就会像鲁迅一样，自己都记不清。说到这里我想起来了，其实，上星期还起过另一个，叫做东方白。它让我产生了一种归国华侨穿着全套白色西装的幻觉，因此放弃了。疑似一部80年代电影里有这个名字，说不定就是一个归国华侨。要么就是台湾武侠小说里的人物，一个二流武师，口是心非，怕老婆，被女侠一剑刺中了风池穴。上初中的时候，五毛钱一本武侠小说，租回来轮流看，书页翻卷，最后都变得蓬松，毛茸茸，储存着体温，里面的名字和情节也就混在一起了。

东方白，和东方红有点关系。因为最近住在上海。在外滩。在曾经的海关大楼上，每天每时每刻，都会敲响《东方红》的旋律。钟声是"当~~"，后面跟着波浪，大跨度的曲线,在即将到达顶点的时候,另一声响起,接着它,在不同的高度上继续。黄钟大吕,这首歌配这样的乐器,必须的。

这不是歌,是一种宗教。

然而我起床晚,看不到东方红。每一睁眼,东方已白,游客满街流窜,导游擎着小红旗小黄旗,在喇叭里呼喊。光天化日,宗教性的时刻已经永远逝去。想象中的一轮红日,乘着霞光、祥云,在地平线上做片刻停留。想象中的真理,以大合唱方式,融化为钟声,金色的,在地平线上振动。然而现在只有骚动的地面,导游和她们的喇叭。

我们继承了的这个世界,正在从日出时的朦胧和激动,变成清晰的,高清晰的,乌央乌央的大上午。与之相配的是高保真的歌声。钟声?它是立体声的吗?多少比特率?能下载吗?

刘愤怒,你又开始抱怨了。你以为你是公共知识分子吗?你以为你在北京开出租车吗?

骚锐骚锐。我不是那个意思。

如果不是就住在这条街上,我还是满喜欢旅游业的。人们带着各自的乡音,脸上晒得黑红,手臂上有伤疤,或者文身:一朵梅花,半条龙,一个"爱"字,要么就是"恨"。人们牵着手,吵架,隔着其他的人互相喊,说再买两瓶鲜橙多不要冰镇的。人们像移动的图书馆。南京东路就是故事会。

人们像一首被解散了的歌，带着激情，盲目而又万众一心。每个人都拥有红色的日出，金色的朝霞，朝圣者的汗水。

我觉得东方白这个名字不错。虽然有点酸。但总归是有寓意的。要是在三十年前，还不让起这样的名字呢。人家会说你别有用心，白色当然是白色恐怖什么的。或者是白旗，白卷，一穷二白。东方不可能是白的，也绝不是黑的。颜色是无辜的，方向也是无辜的，但人不是。在北京，每一个出租车司机都能告诉你，谁是王八蛋。

如果东方红是歌曲，那么东方白就是散文。这是黎明到上午的必然性。反过来看，你把散户的钱收起来，塑造出世界五百强，它们也会发出金光。

散文和散户，总是有更曲折的故事，带着方言。福利彩票站就更有故事了，那里面什么音乐都不播，用不着啊，每个人的脸上，都飘着一首主题曲。

红和白总归是相对的。颜色只是光谱上不同的波长而已。三十年前白的，现在说不定就粉红了。东方不亮的，说不定南方亮。人为什么要旅游呢？因为人活得腻了，要去另一些人活腻了的地方买鲜橙多。那些神圣的光，用钟声，用央视演播厅凝聚出来的,也会随着时间而消散。如果赶上了节假日,到处是演播厅,到处是光,就消散得更快一些。

东方之所以红,是因为它原本是黑的啊。

歌曲就是黑暗中蹦出来的东西啊。你把它弄得到处都是,它就是白的了。

护花使者伤不起

美国总统奥巴马，刚在 G+ 上说了句什么，突然铺天盖地，来了五百条中文回复，而且是翻译官看不懂的屌丝体。这比抢购日本电饭锅的场面可大多了。奥巴马晕了。

原来是防火墙被一个大学生给破了……不用翻墙了。冲啊，去外面过嘴瘾咯……楼主后悔了吧，信息生态平衡瞬间打破，会伤到人的……月有阴晴圆缺，微博覆水难收，此事古难全，又称伤不起。

伤不起，伤不起，想你想到昏天黑地。

我就觉得这歌有点耳熟。闭目凝神，检索一番，好像有点不对：整整一天我都以为自己在哼《伤不起》，然而现在内心深处听见的却是《护花使者》。我两脚踩着同样的鼓点，脑袋里两台打桩机。一台是女的，一台是男的，干柴烈火，都不是省油的。我想起了楼下的邻居，礼拜一晚上十二点半，我还在和朋友喝酒听音乐，他抓狂了，他冲上来砸门，他说：你还让我不让我睡觉啊？

这两首歌什么关系？他们之间有什么隐情？奸情？基情？好，为了真相我去搜谷歌音乐，让谷歌音乐把他们找出来。谷歌就照办了。这个女的，在三线城市从事美容业，男朋友爱喝酒让她抓狂，成天刷微博，成天捏着山寨手机蹦迪。这个香港男的，已经结婚了，老婆是前亚洲小姐，英语和粤语说得一样好，他就是高帅富本人。两首都是快歌，一个紧锣密鼓，像镀了金的按摩棒；一个摇头摆尾，像洗浴中心大堂的小兔崽子。怎么就把它们扯到一块了呢。

这是两个世界啊，君住长江头，我住长江尾。

两首歌不一样啊，除了鼓点，其他一切都偏离了记忆。而记忆是中老年人的身份证，除了记忆他们身无长物。在记忆的档案馆里，千万个男女，不分籍贯和出身，踩着一样的鼓点，在沙滩上慢跑，在夕阳下蓦然回首，一次次慢动作华丽转身，忽而又跳起舞来，边跳边唱，抒发着蓬勃的性欲。而鼓点就是生命的发动机，两个世界，一样的繁华。

当然这一派繁华也终将散去，浪漫情人李克勤，有一天也是要办老年证的。

想当初，我同学为了K歌，硬是学会了上百个粤语单词。

现在大陆人有钱了，还是娶不到亚洲小姐，只能去香港抢购奶粉。

等大陆妹也老了，头发花白，睡意昏沉，香港情种会偷渡来北京暂住吗？

我估计李克勤老了也不办老年证。不是中央不给办，而是伤不起。

谁不想青春永驻啊。干柴烈火，尽情地做各种傻事，翻墙，吃地沟油火锅唱红歌，在百度贴吧里驰骋，如入无人之境。要是能重活一次，每天早晨七点去四惠挤地铁都可以吧。然而时间是无可抗拒的。奥巴马多大的官，头发不也白了么。

二十年前的亚洲小姐，早早退出江湖，知书达理，孝敬父母，抽空打网球做 spa，现在是两个孩子的妈了。除了钻戒，这辈子已经没什么闪光点了。她还骗大家说这就是幸福，笑得跟牙膏广告似的。

这些精神抖擞的女的，男的，还有奥巴马，跟吃了唐僧肉似的，在手机屏幕上舞蹈着。有的人卖了肾，有的人杀了人，就为了买这么个手机。中关村，三里屯，从中得了利益，因此也一派青春的气息，高楼上镀着金，也跟广告似的。而广告是唯一不用翻墙看的东西。

广告自己就是墙，它玉树临风，是为了不让人看见后面的老头老太太：他们脖子上挂着老年证，聚众练习气功、秧歌、交谊舞，步伐缓慢，神色凝重。冬去春来，又少了两位。现实多么尴尬，真的伤不起，还是拿墙拦起来算了吧。

急性子

在药店看见一味中药。它不叫车前子,不叫当归,也不叫王不留行。它叫急性子。

一瞬间我欢乐起来了。这大概是一个玩笑吧。好幽默啊你们老板。在几百个漆黑的抽屉外面,写着几百个名字,它们是亲戚,同学,也有仇人。有的名字俗气,有的精致一点,多数反映出它们的出身,来历,也有的莫名其妙,像一首短诗。然而我就是不信它叫急性子,就像你不相信我会起个笔名,叫刘愤怒一样。

我愤怒是有道理的:飞机上这帮混蛋,自己穿着保暖内衣,空调开到十四度,想把我们全都冻死。

那么它着急又是为了什么呢?好像所有人都长大了,领了身份证,偏偏这位还只有外号。它是得罪了派出所吗?

要么就是搞错了,大自然的笔误。

所有的飞机都是冷的。空调是冷的,座椅是冷的,微波炉加热的食品也是冷的。速度本身就是冷的。盯着 iPad 和机上娱乐节目的人,呆滞的表情也是冷的。而火车是热的,至少曾经是热的。在漫长的旅途中，走亲戚的人和回家的人，和业务员、军人、游客，挤在硬座车厢，分享着呼噜和煮鸡蛋。有时候也分享烧鸡，但煮鸡蛋更受欢迎一点，毕竟里面不会有蒙汗药。而蒙汗药也是热的。

回家：热的。离家出走是冷的。

所以费翔一唱故乡的云，人们就高兴得要哭。他曾经豪情万丈，归来却空空的行囊。他在美国混得并不咋样但他仍然是一个帅哥。他证明了改革开放，洲际旅行，是一件越来越冷的事情。人们一开始就怕冷，尤其是怕孩子冻着，外面风大。总之回来就好。鼓掌。

我那时候还小，只感觉到了豪情万丈。帅哥家在美国，离家万里，来中国讨生活，他唱得意气风发，头顶上刮着呼呼的东风。鼓掌的人根本不在乎那并不是我们的孩子。他长得就像是我们的孩子呀。狗剩！你可回来啦！娘想死你啦！

离那首歌也快三十年了，我正在变老，吃东西挑嘴，一肚子老歌，不爱开空调，正在成为一个事儿逼。改革开放已经取得了巨大的成就，包括自动办理登机手续。我飞往故乡，一路上，为了给自己配乐，居然想起了费翔。他擅长一种冷漠的热情，不含糖份的甜蜜，预示着所有的故乡，有一天都将成为改革开放的航站楼。而观众始终是热的。

我吃中药，不是为了怀旧，是为了多认几个字。

费翔是我故乡的一部分。就像那些冒烟的工厂，冒烟的垃圾堆，死人，倒在门口的中药渣，郊区的羊群，邻居家第一台电视，电视里神奇的广告，都是故乡的一部分。

我想起来这张微笑的脸，也不是因为怀旧，而是为了看清故乡。在飞机着陆的那一刻，机舱里响起了音乐：一种民族管弦乐加电子节拍的西部民歌。它仿佛在说，是的，我就是你的故乡，一个慢半拍的，与时俱进的地方。我就是你吃过的水果，看过的电视，丢掉过的家门钥匙。我根本没有在笑，我是外国人，别向我借钱，然而我已经是你的故乡了，每一个在电视里微笑过的人，都是你的故乡。

后来我就去百度查了一下，急性子还真是一味药。它是一种种子，一不留神，就把自己弹射出去。离家出走。不是一般的冷。它着急是因为家里太热。有时候孕妇难产，可以用急性子催促一下。

拉萨不见了

大家好,我今天有点火大……

有人不甘寂寞地,要么是寂寞地,张口就问:为什么你的眼里常燃着怒火?我说因为我对这片土地爱得深沉呀。那人就起了一身鸡皮疙瘩,崩溃了……你看,爱是多么强大的武器。

关于土地,大家都有话要说。强拆呀,重金属呀,地沟油呀,塌方呀,精彩着呢。我就不说了,单说昨晚上,电视里,几个高富帅,穿着亮丽的冲锋衣,去寻找生命和土地的联系。在丽江附近的小树林里,他们迷路了,挨着饿思考人生,饿过劲了就哭起来,要分手,另几个不要分手的就互相吃醋。忽而他们又回到了游人如织的酒吧街。再忽而又面对投资人侃侃而谈。又一忽而,电视剧演完了,他们已经和观众欢聚一堂,坐在演播厅里,说起戏里戏外的花絮。

这种体验人人都可以分享,但要是没有液晶纯平电视,就会少分享一点。

跟土地关系不大。我重新说……关于土地:昨天下午,我走在老家的街道上,马路是新修的,随地吐痰的人变少了。迎面走来一个帅哥,装扮是低调而知性的,黑灰色系,不会输给香港人,头发是那种,尖的,翘的,鬼斧神工。只有眼神,还是冷漠的,实际上是攻击性的,也就是说是热烈的。像一位散步中的野兽,眼神像刀子一样,刺向草木、空气、土地。在我上中学的时代,在大街上,经常有人这样,不经意地对视,然后就打起来了。

这个眼神让我高兴。像是找回了和土地的联系。

此刻,电视里,有一位来自藏区的屌丝在唱《回到拉萨》。这是我大学时代的歌。在藏区,郑钧一直都很火。尽管他是个基督徒,而且还没去过拉萨。我们聚众酗酒的时候,偶尔会有人唱这首歌,唱着唱着就需要扯着嗓子,青筋暴起,声嘶力竭起来。在那些并不酗酒,而是围坐在电视机前的人听来,这他妈就是狼嚎。我父母就是这么说的:狼嚎!

这事发生在工业城市,离草原还有二百多公里。通过郑钧,我们想象出了狼,草原,还有藏族姑娘。

藏区的少年,郑钧,我的屌丝朋友们,我们都穿着战靴,并且尽量留长头发。那时候,垃圾和泥泞比现在多,灰尘和现在一样多,地沟油还没有发明,我们瞧不起有钱人,计划着去拉萨。

确切地说，是回到拉萨，回到布达拉宫。就好像我们是和组织失去联系的小活佛，上辈子是在雪山之巅度过的，每天唱歌跳舞，怎么喝都喝不醉。

都是年轻人，谁不想一刀两断，远走高飞啊。

甘肃人，北京人，包括拉萨人和有钱人，都是这么想的吧。而郑钧是高级的，他管这个叫回家。

拉萨就是这样不见了的：如果我是拉萨我也躲起来。这么多人，招架不住啊。

浪班，浪楼

天气真好啊。我走在四川北路上。电瓶车骑士们呼啸而过，像是苍蝇国的变形金刚，又像是维护世界和平的激光制导导弹。咻！咻！嘟嘟嘟哒哒哒！呜～～。而且天气这么好，它们一辆都没有撞到我。

咣当！海关大楼的电钟又敲响了。在福州路路口听来，似乎比平时更响一点，多一点中低频，有质感，简直听得到铁器相撞的细节。以前我每天在南京东路听见，总以为它是悠扬的，这一刻，却是硬碰硬，真真切切，像直接敲在头骨上。

这是一个新的发现。看来太阳总是新的，甚至每个路口都是新的。这首曲子，《东方红》，每十五分钟敲一次，太阳也就每十五分钟刷新一次，所有的路口，九江路，汉口路，福州路，香港路，北京路，也跟着刷新一次。在路上瞎走的人们，包括九江人，汉口人，福州人，还浑然不知。

这就是上海滩。

昨晚上我听了半夜的萨克斯。就在南京东路，离外滩没几步，陈毅市长的雕像，就在那头立着。想必是一个半圆形的圈子，游客和市民，围着几个一本正经的男女。其中一个，正在衰老，正在出汗，穿着黯淡的皮鞋，腰板笔直，抱着一只中音萨克斯，像抱着陪舞小姐，又亲密，又庄严……我什么也没看到。我在五十米外，四层楼上，瞪着天花板，像瞪着一个王八蛋。

浪奔，浪楼……这个歌我认识啊，是许文强出场的时候，用来搭配他的白围巾的！风儿努力地吹着风衣，吹着围巾，多情的黑社会分子，用慢动作奔向死亡。剧情我忘了，就还认识主题曲。那旋律其实一点也不像黄浦江，而是像慢镜头里的围巾，呼啦啦，呼啦啦，从夜总会飘到KTV，从烧烤摊飘到风情园。

认识也是王八蛋。还让不让人睡觉了？

我翻起身来，要打110。突然间万籁俱寂，萨克斯把自己，连同围观群众，都给吹散了。

第二天，也就是今天。每个人都像没事人似的，在路上走。吹萨克斯的大叔，像地下党一样，也在我身边走。

白天是东方红，晚上是黑社会。

我不是那个意思。我是说，白天是毛泽东，晚上是周润发。白天敲钟，晚上跳舞。白天赶路，晚上吹牛。凡是梳大背头爱笑的男人，都知道我什么意思，我没有恶意。包括那些在南京路，四川北路，以及在南京和四川，在西藏，在南沙群岛上吹萨克斯的人。他们的皮鞋都是黯淡的。毛泽东给了他们梦想,周润发给了他们梦幻。整个上海滩,以外滩为原爆点,像是被梦的原子弹吹拂了一遍。

在这个梦里,要是我手快打通了110,说不定今天就会下雨。那是一种报复。整条街都会有司机在按喇叭,电瓶车骑士们捏闸,像捏着电闸,发出雪亮的噪音,雨点打在伞上,然后钟声往头骨上敲来……

你想飞得更高

对于那些不喜欢汪峰的人,我还能说什么呢?

难道是因为他用了太多的啫喱?

我还记得十五年前,第一次看他演出,像一个神父,在舞台中央矗立。

现在他更像神父了。我陪爸妈看电视,他就在一个童话一般的剧里唱主题曲:多少人走着,却困在原地;多少人活着,却如同死去……内涵的低吟,然后是劈里啪啦的电吉他,鼓,把音乐带向高潮。但真正的高潮还要用到真人:主要是嗓子,稍微嘶哑一点,拔得更高,更坚决,像是蜘蛛侠的逆袭。天亮了,霸气喷薄而出:我要展翅高飞!我要保持愤怒!

我就想起来几年前,回老家。楼下的垃圾台还没搬走,每天早晨,我被铲垃圾的声音吵醒,然后是公交车的油门,自行车骑士的争吵。街对面的凯达音像店,为了省电连灯都开不全的那么个地方,成天播放着汪峰:我要飞得更高!飞得更高嗷!那个"飞"字,唱得咬牙切齿,果然是有点愤怒的味道。

我也愤怒了。我想,飞什么飞,知道失败者英文怎么说吗?撸 sir!

满街的失败者,好像听到了我的心里话,纷纷像剥了皮的松花蛋,颤颤巍巍地,从怒吼的公交车上下来,从摇晃的垃圾车上下来,从一路掉落着零件的自行车上下来,从苍蝇飞舞的小饭馆里出来,眼含着泪水,握拳,向凯达音像店走过来……

垃圾堆对面,还有一个公共厕所,从两种臭气中走过去,是卖大饼的小铺,废品回收站,牛肉面馆,一个小菜市场,清真寺,家属楼。小朋友在街上乱跑,小猫小狗也在街上乱跑。我喜欢的一个女孩,就住在那里。

走路五分钟,她来向我告别,眼里含着泪水。凯达音像店播放着配乐。除了没有广告,其他都和电视剧一模一样。

十几年了。有时候,看着电视,我就想问里面的人:帅哥啊帅哥,告诉我去哪里找她?他们就一个转身,挽着各自的女神,神秘地微笑一下,露出雪白的牙。

没有广告的生活,是迷惘的,没有大结局,没有重逢。

有时候我就想,能碰到她妹妹也行啊。能碰到她前男友也行啊。那个开摩托的帅哥。他配得上所有的主题曲。他应该出现在广告里,指导我们购买钻戒、汽车、面膜。可是他们也分手了。

所有这些遗憾，都分别有一首歌，一款汽车，一种洗衣粉，用来对应。

在电视机前，我爸妈异口同声地，精辟地说：都是骗人的！

现在人人都下载，用手机听音乐，凯达音像店居然还没倒闭，真是不容易。我想支持它一下，就走进去，东瞅瞅西看看，有汪峰，也有外国汪峰，当然都是盗版。还有些秦腔，在最里面的架子上。架子摇摇晃晃，落着土，我翻出来一摞摇滚乐CD，有一半是熟人。看看出版日期，都快十年了。估计从来没人摸过。降价处理，十块钱一张。

我买了两张。都是老朋友，很多年没见了。

二十块钱放在柜台上，老板头也没抬。像是不认识它们。

情怀

我往楼下望去,想知道是谁的手机,在发出那种弹簧一样的歌声。

结果看到了一个倒着走路的人。夜幕正在迅速降临,快得像是一条毛毯从天而降。那些早有准备的灯,也就迅速变得更亮,更确凿。这个人慢条斯理地,无忧无虑地,面朝着我的窗户,一点一点远去。据说倒着走路可以锻炼筋骨,活动气血和神经。我看着这个人,这个松散的,疑似一件女式大衣,的灰色物体,一点一点变暗,又在路灯下亮起来:多么坚定的气血。连黑夜都不能吞噬它。

说时迟那时快,楼下的手机听不见了。另一个手机响起来,这次是一种弹簧刀一般的歌声。好吧,我关上窗。坐下来,看近处的楼,远处的树,更远处的塔吊,一直看向最远处黑乎乎一片的未知物。

没有星星,开窗有什么用。我一直在回忆一首歌。四个小节,四三拍,在我身体里一遍又一遍,不知疲倦地走着。就像那位倒着走路的老人:反正已经老了。

我知道这首歌是谁唱的。我有这盘磁带,或者是另一盘。谷歌音乐也一定能搜到。或者对着手机哼出来，它多半也能说出答案。但是我为什么要知道答案？反正天已经黑了，外面没有太多可以看的东西，我可以没完没了地哼下去。

我还知道唱歌的这个人，现在已经变得很二。但是谁不会变二呢？有一天我也会倒着走路。

这是一首有情怀的歌。先是盘旋着，一路小跑着，往高处走，然后突然放松了，像叹了一口气，或者把自己折叠成了纸飞机，向空中飘了出去。嗓音一下子亮了起来，就像是黑夜降临之后的路灯。但是又那么松弛，像路灯下随便晃着的狗尾巴草。这个人曾经很受欢迎，年轻人模仿他穿衣服的样子，懒洋洋的口气，以及一种被才华给害了的颓废劲儿。他唱歌的风格，总是漫无目的地，拖长了，在半空中飘一阵子，然后再落下来。

谁不想在半空中飘着啊。我做梦的时候，经常一使劲，就翱翔在楼群的上空了呢。

眼前这黑压压的风景：十来幢楼，包括四个尚未完工的，几棵高大的槐树，杨树，灯火辉煌的，像历史遗迹一般耸立的洗浴中心，无数的灯。夜生活刚刚开始，它们还要忙乎一阵子呢。上空没有任何歌声。穷人揑着手机，收音机，在最低处播放着叽叽喳喳的音乐。随便什么音乐。

我坐在窗边,吃着烤玉米,读了几十页小说,但不知道作者是谁。直到天快要黑下来。在这之前我给一个人回邮件,整理他需要的资料。这个人口气很亲近,可是我也不知道他是谁。大好的下午,本来想出去晒太阳来着……一天就又过去了……窗外黑乎乎的,一个新世界正在形成。这不过是在三楼,我看啊看的,仿佛风景正荡气回肠。一两句旋律在脑子里盘旋不去,我们像是一对老朋友,已经不记得对方是谁,站在山巅之上,一起眺望着烟雾腾腾的首都。

倒着走路的人已经不见了。楼下的保安已经开始听豫剧了。我花了几个小时,始终没有想全那首歌。

去死

其实人家说的不是死,而是 s。是一个小 s。也许是两个,三个。嘶嘶,咝咝,像蛇在说话。挥着手,嘴角带着微笑,用今天的象形文字写下来,就是:去~~ss:)。

说完这句话,就可以转身了,骑车的骑车,走路的走路,各奔东西了。去和死之间隔得越长,转身就转得越干脆,如果只是随便说说,搞不好还要站在街上,拖泥带水地聊个半小时。这就和日本的莎扬那拉一样,正式的告别,应该拖得很长,一波三折,向几里地之外挥手,一口气把你送到家门口才好。

这就是德语的再见。

跟唱歌似的。

照相的时候大家不说茄子,说奶酪:cheeeeeeeeeeeeeeeese。中间放多少个 e,取决于摄影师动作有多慢。

时间越长,笑得越假。嘴里也没有波折,一个音拖得老长,慢慢的就僵在那里。可见要挽留欢乐是不可能的,还不如好合好散,唱着歌告别。

啊朋友再见,啊朋友再见,啊朋友再见吧再见吧再见吧。

这样也不行,再见个没完,其实是留恋。就不能潇洒一点吗,像庄子什么的?要么就周润发,小马哥,念着徐志摩的酸诗,慷慨奔赴黑社会大火拼。还有瞿秋白,此地甚好。赴死如同说再见,说完再见,抬脚踏上公交车,倒是回家去了。

怕死的人不潇洒。但我们岂不是都怕。有的怕死,就拼命地活,有的怕自己怕死,就读庄子。

歌中唱道: 长亭外,古道边,芳草碧连天。晚风拂柳笛声残,夕阳山外山……给这歌填词的人,风流才子,后来做了和尚。

这首歌是我音乐教育的一部分: 趁着还没变声,老师把我们的嫩嗓子集中起来,在课堂上合唱离别之歌。

童声里面,没有热气,只有至阴至阳之气,嘹亮而无形,齐刷刷地冲出校园,在半空中回荡。干净得不沾一点人间烟火。说它纯真,当然不错,要说壮烈也可以: 干净得像刀子。齐刷刷的,像切割出来的,又切割着空气:把多余的统统剔出去。

同学里面,也有人后来做了和尚。跳出三界外,不在五行中。各种清凉,各种干净,再也不用怕死了。

我能不能说，所有的童声大合唱都是再见之歌。要么就是接引使者之歌。帮助我，和庸俗的每一天划清界限，又称：净化心灵。童男童女，还没学会贪污受贿，打情骂俏，个性泯灭在指挥棒下，不管唱什么都像是在唱：再见吧空气污染，再见吧地沟油，再见吧我纠结的婚外恋。

天之涯，海之角，一唱就唱到了世界尽头。只要不是真的去死，再见也不难说出口吧。

第二天，我又坐着公共汽车，假装没事人似的，回到这个不再童贞的身体里陪大家玩。

每天一波三折地说着去死，还不是为了每天再回来：在意大利，再见时说 ciao ciao，见面还是说 ciao ciao。同样的波浪在舌头上，同样的微笑在嘴角，只要不死，就总是微笑。

天下朋克是一家

凌晨时分,走在维也纳17区的大街上,克劳斯和小叶子指着一堵墙大笑。我说怎么了,他们就翻译了墙上的涂鸦:星期天就像是一个伤口。这么说,是一句诗喽。

星期天怎么了?星期天得罪谁了吗?星期天商店不开门,人们不工作,晒太阳,无所事事,不能下馆子,出去吃只有中餐和阿拉伯烤肉。星期天多好啊,要我说,星期一到星期五才是伤口呢。皮开肉绽地,在社会上混,到了周末,回家养养,然后再出来混。星期天不是伤口,是治愈系。社会才是伤口呢,社会他们全家都是伤口。

我就想,是不是当时我听错了,英文不过关啊。回家来查字典,伤口还没查到,先查到了逃学。两个词差不了太多,大半截字母都是一样的。在潜意识里面,它们相互勾结起来,像是两首做着地下交易的诗。我们走过另一条街,小叶子就唱起了那首歌:

太阳当空照,花儿对我笑。小鸟说,早早早,你为什么背着炸药包?

我们一起唱,路灯雪亮,快乐的歌声在石头路上蹦蹦跳跳……我翻译给克劳斯。他又咯咯咯地笑起来：这是一首朋克歌曲啊。

朋克是社会的伤口吧。就像是一种星期天，让社会停止。撕破了裤子，衬衣剪掉领子，鸡冠头，睡袋，牵着狗，揣着最便宜的酒，从一个城市串到另一个，从一个占屋睡到另一个。社会衣冠楚楚，但是你不累吗？不想晒着太阳，在广场上睡大觉吗？做了朋克，你就一无所有，也无可失落。警察不许你流浪，但是也懒得抓你。天下朋克是一家，你是复数，到哪儿都是一群，一伙，黑乎乎的一片。市政和你没关系，税收和你没关系，表格和你没关系，对社会来说你简直不是伤口，是伤心。

我刚学会那首歌的时候，还没有见过朋克。我只知道这是一首快乐的歌。它曾经是，后来还是。改编之前的歌词是：小鸟说，早早早，你为什么背着小书包？如果上学是快乐的，就快乐地上学，如果上学不是快乐的，那就快乐地爆炸。不用讲道理。每一个儿童都是朋克才好。

一首叽叽喳喳的歌：我一开口，嘴里就飞出了小鸟。

小鸟没有错。快乐的小鸟，有时候是愤怒的小鸟。有时候是半夜跑出来涂鸦的朋克小鸟。我上师范大学的时候，曾经做过两个月的实习老师，一个班，五六十个孩子，相当于五六百只麻雀，我没法让他们安静下来。我自己也安静不下来，我在喝酒，听摇滚乐，有两个女朋友。这些学生也在喝酒，早恋，离家出走，后来有两个人组了乐队。那个喝醉了抱着我，说妈妈你们不要离婚啊的孩子，后来加入了黑社会，被政府枪毙了。

还有一个真的要炸学校的。也在那所中学，是我实习之前几年的故事。他真的搞到了炸药。在高考之前，被同学举报了。

炸药的下场，总归是粉身碎骨。但歌声长存。它是我心中的小野兽。无伴奏的儿歌，连手风琴都不需要，只要有太阳。没有太阳就把路灯当成太阳。那些朋克歌曲也一样，尖叫的主唱，无所顾忌，像天下所有的儿童。朋克也总是要齐唱，在满地啤酒印的舞台上，贡献一种嫩，一种天真，一种豁出去。

天下的小鸟都一样，一张嘴，就飞出来。牢笼锁不住。锁住就死。

外滩挂面

上海海关的钟声,每十五分钟一响。它来自比钟楼更高的地方,像是天空,像是时间隧道的另一头。

先敲三下,然后歇口气,再敲三下,只敲个开头。到了整点的时候,那没有敲完的旋律,才继续敲出来。配合旋律的歌词每个人都知道:东方红,太阳升,中国出了个毛泽东,他为人民谋幸福,他是人民的大救星。一个字敲一下。汉字在钢铁的撞击中,飘过脑波之海。在这之前,那里还没有钟声,只有巨大的齿轮,像我咬紧的牙关,嘎吱嘎吱,要把时间碾成齑粉。

在这之前,脑波的黄浦江,苏州河,各种浜和泾,在夕光下汇聚,荡漾着更多的字和词,沉默的声音,沉默的意义,在水面下涌动,在水面上波光潋滟。

但牙关总归是咬紧的。像正在玩命的地下党。

事实上我刚刚吃了挂面。煮久了,软得像叛徒。像叛徒的女朋友的心。

我一边吃,吸溜吸溜,一边打着电话,发短信,向四面八方求援:哈喽你懂一点网站吗? wordpress 知道吧?我把一个php文件弄没了。哦哦哦。好的呀好的呀。谢谢你我再问问别人看……我咬着牙，好像一松口就会发生系统崩溃。

现在，我的网站，鼻子在嘴的位置，耳朵长了三只，眼睛无光，通向死胡同。它也曾玉树临风，有谁知道，全靠一肚子代码支撑着？是啊，你有没有想过，有一天，市政府弄丢了一个php文件，结果外滩就拧巴了。代码从下水道喷涌而出，东方明珠像挂面一样耷拉下来，行人走着走着，呲啦一闪就没了……

毛主席啊你救救我，把我的代码还给我。

当当当，钟声就又敲响了。它为人民而敲，而人民在南京东路合影留念，堵车的司机摁着喇叭，电瓶车骑士从中穿梭而过。人民创造出时间，也创造出大钟，然后丢下它们不管，去发明挂面。我绝望地盯着电脑，像一颗迷路的钉子。钟声用它悠扬的振动，连接起旋律，像钢铁锻造的旋律在云层下飘动，像黄金的挂面在白银的江里游泳。我在人民和钟声之间，孤零零地，想念着毛主席。

他发明了一个没有代码的国家。

钟声是用他的语调来敲的：不紧不慢的，不男不女的，远处的。钟声顺流而下，去了广阔的世界。

他对网站后台不感兴趣。

这种事每天都在发生。就像是外滩的游客。每天都带着他们的故事,不远千里,来合影留念。他们东张西望,推推搡搡,累了就坐下来休息。人太多了,得像礁石一样硬,才不会被挤坏。请保管好贵重物品。这是大街,谁也帮不了谁。

外滩就像是一口锅。

住在外滩的日子里,我还会吃更多的挂面。那就把挂面吃出水平来吧,吃成高帅富,吃成林书豪,吃成世界五百强行不行。这时候,毛主席和钟声一起现身,又隐去。什么都没有说,又已经千言万语。我放下筷子,胡思乱想。那个在备份中神秘消失的文件,绝情的,像煮熟了又飞走的鸭子。它超越了我的思维。它简直就是微笑着,在天空中俯视着我的错乱。

钟声啊,求求你,如果在半空中见到它,就劝它回来吧。那里不是它待的地方。夜晚的风,会将它吹散,变成1和0,一停电,就全掉进黄浦江了。

哦……也许是我掉进了黄浦江呢。

我们全家都是冠军

在梦里,我跟着那个英国人唱歌: 微~啊~喷~呛~乒,微~啊~喷~呛~乒,靠嘶微~啊~喷~呛~乒,啊夫喷喔——

在梦里我们像是在荡秋千。呼啦一下,到了天上,呼啦一下,到了天边。没有风,也没有秋千,我们通过唱歌来到达天边。我们在旋律上移动。这种感觉只能在梦里有。

我做过另一个梦,在那里面,我跟一个外国人聊天来着,边聊对自己刮目相看: 牛啊,听力真好啊全都能听懂呢……昨天晚上,我请杨桃女看电影,哈利波特骑着根棍子,在天上飞,斗篷呼啦地响。她指着银幕说: 是不是我的英语进步了?怎么都能听懂呀?我说是啊,这玩意不就是你的梦么?

其实我和杨桃女是一家子。我们是打僵尸的时候认识的。她总是笑嘻嘻的,一次能发射五颗子弹,眼观六路,耳听八方,谈笑间强虏灰飞烟灭。我没什么本事,就会傻站着让僵尸啃。他们都管我叫土豆。

不打仗的时候,我们就看电视,电影,有时候是电脑。

飞机大炮，青龙偃月刀，洛阳铲，圣火令，要什么有什么。八月，我们看了奥运会闭幕式。那个英国人也在，是用高科技虚拟出来的。奥运会也是一场梦，焰火像广告，运动员按照我们希望的样子发育成长，化妆设计自己，包括双眼皮和文身，包括摔倒了龇牙的样子也是设计过的。那个英国人本来得艾滋病死了，现在又活过来，成为不朽的3D，在亿万观众面前唱歌：微~啊~喷~呛~乓。翻译过来就是：我们是冠军！我们是世界冠军！失败者去死吧！

　　有个中国记者问奥组委：摇滚乐这么小众的东西，怎么会被选作闭幕式的节目呢？英国人就忍不住笑了。
　　其实摇滚乐相当于评剧，都是上个世纪的新生儿，但背后有着悠久的历史渊源。对英国人来说，它的普及程度相当于新闻联播主题曲。
　　那个英国人的乐队，名字叫皇后，确切地说是女王。这是一个历史更为悠久的职业。到现在还有，家喻户晓，而且无害。很多纳税人表示，没有了权力的女王就像一种吉祥物，养着她大家都开心呀。也有些人反对，要求她自费做女王，但至今还没有实现。而他们的音乐，借鉴了一点歌剧的元素，常常荡气回肠的，假装很饱满，胸怀着人类尊严，对美的敬仰什么的，但又隐含着一点歇斯底里和悲哀，毕竟都是普通人，说白了是穷人。他们让我想起宋祖英和她的同行，那也是一种特殊的职业。

这是我买的第一盒外国摇滚乐磁带。之前已经有崔健了。我一直觉得崔健比他们更摇滚。为什么呢，因为崔健能唱中文啊。崔健还能唱英文呢。人家还是朝鲜族呢。他们行吗？

那首歌我只会唱两句。这也是为什么，在梦里，那个英国人来回来去也只唱这两句。他根本就是被我做出来的。就像哈利波特，根本也是被观众们做出来的。整个的奥运会，其实也只有这两句。各国的冠军都会唱，像被编了码一样。冠军按照我们希望的样子哭，傻笑，汗水闪闪发光。冠军的汗都是香的。

醒来以后我发了会儿呆。我想，是不是奥运会增加了秋千比赛。很快我清醒了：那是不可能的。朝鲜族有秋千比赛，电视上演过，可能是我记忆短路了。我已经过了把秋千荡到180度的年龄，也搞不了摇滚乐了，更不想被摇滚乐搞了。只有在梦里我说了算。

每一句的末尾，要一边唱，一边甩甩腮帮子，要么抖一抖长发也行，就像站在世界之巅。风起云涌，摇滚乐催促着秋千，我脚不着地。旁边是整整一个体育场的伴唱。那是一种喘不过气来的激动，必须要通过唱歌来稳住呼吸，唱着唱着，这个呼吸就变成了十几万人集体的呼吸，小我也就不复存在，融入了庞然的大我。女王就是大我的化身，所以她会替很多的小我花钱。

　　我醒来，把这个梦告诉了杨桃女。她显然是嫉妒了。为了平息这种小我的嫉妒，我请她去看的哈利波特。

我听见大海在呼唤

打开窗,南京路上人声鼎沸,初夏的细小热浪也翻腾着,往房间里扑腾。

这一尘不染的,太空舱一般的设计酒店,被资本和白衣保洁工人悉心照顾着的隔音窗里,像密封起来的瓶子,假装岿然不动,却无时无刻不在漂流,随着波浪起伏。哪怕是地铁二号线,也轰隆隆,从脚下一直震到头骨,和街上的游人竞赛着,奋力地奔跑着,活着。

那些在海岸边发呆的礁石,也以为自己是不动的。

那些打坐的人,也以为只有别人是虚幻的。

我就放这些声音进来,像放水冲垮了龙王庙。所谓的宁静,不堪一击地崩溃了。

南边的海关大楼,仍然一刻钟,一刻钟地敲着大钟:东方红,太阳升,中国出了个毛泽东。好的,我知道了。知道了也要敲,一直敲到你不知道。

这声音扑向江东,从东方明珠和金茂大厦上反射回来。扑向北外滩,半路上拐个弯就上了南京路。它敲给和平饭店听,和平饭店拉上了窗帘。它敲给导游听,导游正忙着喊话。南来北往的客人，任由《东方红》在头顶上撞来撞去，也在颅腔胸腔里共振。

所有的声音都搅合在一起，像是我们热爱的火锅。它就要将我最后的宁静给煮没了。它散发着奶油蚕豆的味道，劳力士和欧米茄的味道，还有往返于外滩和豫园之间的三轮车的味道。三轮车什么味道？机油味，汗味，烟味，太阳晒焦了的橡皮味，被十万只手捏过的一块钱的金属味。它们唤醒了我的脚汗，咳嗽，咕噜噜响的肠子，咯吱咯吱的颈椎。我有点坐不住了。

古时候，观世音坐在海边，听着海潮的声音，就悟了。
我听着人潮。它起起落落，周而复始。海关大楼的钟声，飘荡着，曲折着，生生不息。
说不定我已经悟了，只是自己还不知道。

你说，这每十五分钟响起一次的《东方红》，是不是只有我一个人听得见？
而南京路上，中山东路上，每天熙熙攘攘的游客，其实是平行世界里的幻相？
他们从几百里，几千里，甚至几万里远的地方，跑到外滩来，就是为了来来回回过马路吗？

每个人都是声浪中的一小朵浪花，互相淹没，打碎了再重新开放。我只需要把自己当成上帝，就可以坐在窗口，听着他们像海潮一样来来回回地折腾。这敢情好……

然后我拎个塑料袋，里面是两袋酸梅汤，四块黑米糕，两个生玉米，几只香蕉。就从海潮里游回来，掏出磁卡，刷开了电梯，又回来做上帝……磁卡可不能丢。

然后陈毅市长还站在外滩，像一块黑色的礁石。脚下是混沌的人声，头顶上是金光灿烂的《东方红》，仿佛海上升明月，两样声音搭配着，映着沉默的礁石。

然后我关了窗户，假装大海也已经沉默。只有更低处，地铁像巨大的，执著的老鼠，咬着牙狂奔。更高处的钟声，也在窗玻璃上敲打着，要进来：不行不行，你进来，外面的游客，卖假货的，蹬三轮的，岂不是都要进来！那沉默的大海就默不作声，哪里有窗户就涌向哪里，没有窗户就来来回回地过马路，像是要把马路踩平了。

而马路本来就是平的啊。

小乌鸦

游泳池正在波涛翻滚,好像有一只恐龙在水下洗澡。我刚刚呛了水,站在浅水区咳嗽,有一点沮丧。往深水区仔细看去,有时候能看见它的尾巴,透明的屁股,洗澡巾什么的。再看又没有了。那么这一定是我的幻觉了。但是谁能说它没有在洗澡呢?难道恐龙就不用洗澡吗?恐龙也是龙啊。

我向窗外看去,半空中一个周杰伦正在冷笑。他身边的商标都比我脑袋大。

好吧,我不游了。我回家去。

艳阳当空,一只小乌鸦在路边唱歌。它唱的是:痛并快乐着快乐着,啦啦,啦啦,啦啦。停顿一下,然后再来:痛并快乐着快乐着,啦啦,啦啦,啦啦。我就瞪它一眼,说,小东西,你怎么跟唱片打滑似的,就会这一句么?忘词了吧?

它也瞪我一眼,不理我,继续扑扇着翅膀,往前飞了一根电线杆,接着唱:痛并快乐着快乐着,啦啦,啦啦,啦啦。显然是忘词了。你看,一句旋律占据了你的脑袋,像个钉子户,像一条大虫,挥之不去。它卡在那里,堵车了,你没有可能再记起下面的词了。有可能是一种短路，可能是漏水的缘故。最近天气热，又潮湿，事故多发，防不胜防。

小乌鸦，黑脑袋，黑翅膀，红嘴唇，有点倔，和周围的墙壁马路行人之类格格不入，包括它脚下那根呆滞的电线杆。

被它一唱，我想起了大学同学王三。他也有点倔。但是没有我倔。但总归有点倔。喜欢唱这首歌，面无表情，声音很轻，一种内心正在波涛翻滚的样子。他是个游泳高手，有胸大肌，印了一些防水的名片，塞在泳裤里，发给泳池里的女孩。这是毕业以后的事情了。毕业以后，几经周折，我们成了同事，有时候会交流一下这方面的信息。

性欲和对爱情的渴望掺杂在一起，年轻人总是波涛翻滚。

高帅富在窗外冷笑。

再后来，我和王三都辞了职，仰天大笑出门去，我辈岂是蓬蒿人。我们前后脚来了北京。然后他又去了南方。再后来他买了一对高档音箱。崔健啊，齐秦啊，罗大佑啊，不在话下。

我就对小乌鸦说，喂，这首歌不适合你。这首歌要轻轻地唱，像一对快速滑行的翅膀，偶尔不屑地扑腾几下，最后消失在别人的视线里。你唱得太屌丝了，老跟那一句词较劲干嘛呀，你是来上访的吗？你是一只愤怒的小鸟么？你不够老，也不够文艺啊。

小乌鸦还是瞪我一眼，继续用它的乌鸦嗓子唱：痛并快乐着快乐着，啦啦，啦啦，啦啦。

雨后

雨后的南京东路仍然是南京东路。人们走着走着就停下来，掏出相机，命令同行的人变成风景。有的人还打着伞，有的人正在擦鞋上的泥。有的人抬头，看见东方明珠从雾气中钻出来，就开始赞叹。一，二，三，我默念咒语，只听半空中一道霹雳，海关大楼的电子钟就响了起来：东方红！

真是不好意思，东方红我已经写了四次了。也许还要继续写下去。人生总是如此，最乏味的事情，会一直重复发生，直到遗忘。

写了这么多次，听了这么多次，我才掌握了电子钟的规律：每十五分钟一次，先是三下，到半点是六下，三刻就敲出一整句旋律，整点的时候，毛主席就腾云驾雾出来，再微笑着消失在黄浦江面。这样的奇迹一再发生，准时发生，已经是强制的发生，以至于谈不上是发生，而是故障的余波。除了从听觉中挣脱出去，再没有办法将它忘记。

其实我也不确定有没有听见它。上海人都不一定听得到。我问了好几个，都说不记得。

他们就像是住在某人的梦里一样，被地铁和出租车驮着，每天在土里水里，空中，钻进钻出，谈笑风生。但什么都没有听到。

"历史是在深夜创造出来的"，陆兴华老师在微博上说，天一亮，我就看见这句话，好像它被创造出来就是为了等我。深夜，我们什么都不做，哪里都不去，连海关大楼都默不作声。历史根据我们白天消耗掉的能量，来向它的地平线逼近。历史像是一头沉默的巨兽，吞噬着我们留下来的空白：无人的舞台、断电的音箱、熄火的车辆、锁起来的门和关掉的灯。

雨后的一整天，我什么旋律都没有听到，周围还真安静。没有雨滴打在耳朵上的声音，没有汽车发动机震动雨伞，沿手臂传来的麻飕飕的感觉，没有人捏着手机看韩剧，连广告都是无声的。这才是奇迹。

路面还有积水，我小心地，几乎是在跳着走路。越走越远。南京东路全是广告。南京西路还是广告。我像是广告里掉下来的一颗什么小东西，我觉得自己已经是人造的了，如果我不是广告，那就是产品。

历史像是冰激凌，把一段旋律冻起来，加奶油，加糖，放在冰箱里。但是冰箱锁了，钥匙丢了，只剩下冰激凌广告，每十五分钟重播一次。

我一路往西走，已经远离了海关大楼，除了街头摇摆的萨克斯大叔,探戈阿姨,没有遇见任何旋律。真是清净的一天呢。卖小玩意的人们,往天上发射着闪光的螺旋桨,在地上转着闪光的陀螺,人们呆呆地围着看,什么都不买。南京路像过节一样,不认识的人们挤在同一个广告里。我走累了,不想走了,再往西就到美国了,况且美国也是广告,我就停下来休息了。

后记

这是为《北京青年周刊》写的专栏。

里面提到了一些歌曲,是我小时候和青少年时候听过的。新的歌我不熟悉。也从没看过电视选秀节目。写这些短文的几年里,我意识到自己再也不会去熟悉新歌了。尽管如此,我还是认为,怀旧是可耻的。

感谢乔乔、疏影,还有那个写邮件要我把专栏印成书的人,虽然我不认识她。她们明亮,清澈,是我的星星。

颜峻
2015年1月,青年路

后记的后记

把为专栏写的随笔收在一起,做为文集出版,通常是为了再赚一次稿费。我当然也不例外。虽然并没有多少钱,但那种"好歹也是有一份职业的人"的感觉,还蛮踏实的。

这本小册子编辑出来,已经几年了。不知道是不是因为身体变化,我现在完全没有"耳虫"这种状况了。至于老歌,似乎也听得更少。新歌就更不用说。前阵子收拾工作室,一口气听了两百来张旧唱片,那感觉并不像老友重逢,而是一种奇特的陌生。

在流行歌手中,我至今喜欢刀郎和刘星,还有很多普通话不标准的 80 年代歌手,像《八七狂热》里面那个刘鸿。前阵子第一次听到约瑟翰·庞麦郎,特别喜欢。这里面有种身体的因素,和审美没有关系。但身体也并不只是由喜欢来构成,那些军旅歌曲、甜歌、红歌,也是这身体的一部分。我并不想去改造它。我想要改造,或者说摆脱的,是品位。这不是件容易的事,但值得努力。

从各方面来说,我也不再看以前的自己不顺眼了。好或者不好,我也都收了钱,收拾好工具,挤上地铁,回家洗澡吃饭去了。

感谢杨全强和胡远行。

颜峻
2018 年 1 月,十里堡

图书在版编目（CIP）数据

耳虫/颜峻著.-上海：上海文艺出版社.2019.7
ISBN 978-7-5321-7156-9
Ⅰ.①耳… Ⅱ.①颜… Ⅲ.①随笔－作品集－中国－当代
Ⅳ.①I267.1
中国版本图书馆CIP数据核字(2019)第114567号

发 行 人：陈　徵
责任编辑：余雪霁
美术编辑：朱云雁

书　　名：耳　虫
作　　者：颜　峻
出　　版：上海世纪出版集团　　上海文艺出版社
地　　址：上海绍兴路7号　200020
发　　行：上海文艺出版社发行中心发行
　　　　　上海市绍兴路50号　200020　www.ewen.co
印　　刷：上海天地海设计印刷有限公司
开　　本：787×1092　1/32
印　　张：6.375
插　　页：2
字　　数：122,000
印　　次：2019年7月第1版　2019年7月第1次印刷
Ｉ Ｓ Ｂ Ｎ：978-7-5321-7156-9/G・0232
定　　价：29.00元
告 读 者：如发现本书有质量问题请与印刷厂质量科联系　T:13817973165